ロオブジェクション
JN270094
ロニーの舌はエディの舌を煽り欲情を引き出していく。
情熱的で官能的なキスにエディは彼の舌を噛み切ることもできずに、
されるがままだった。

オブジェクション

義月粧子（よしづきしょうこ）

ILLUSTRATION
有馬かつみ（ありま）

CONTENTS

オブジェクション

オブジェクション

「よく来てくれたな」

所長のアーネスト・ヤングは、優雅な微笑を浮かべてヴィクター・ウェストを迎え入れた。

プラチナブロンドによく映えるモスグリーンのスーツは祖父の代から使っているテーラーであつらえたもので、細身の彼の身体を品よく包んでいる。

「…いい事務所だな」

ヴィクターはそう云って差し出されたアーネストの手を握り返す。

「お世辞はいい」

アーネストは素っ気無く返す。何しろヴィクターが先週まで籍を置いていたのは、サンフランシスコでも一、二を争う巨大法律事務所だったのだ。富と権力の象徴のような近代的な高層ビルを構え、そのまるごとが彼らの要塞だった。

エントランスは三階まで吹き抜け、最上階にはしょっちゅう開かれるパーティのためのスペースまである。床は大理石、壁にはこれ見よがしの美術品。そんなファームと比べれば、ビルの一フロアだけのこの事務所はずいぶんと見劣りがするはずだ。

「きみにお世辞は云わない」

そう云ってヴィクターは微笑んだ。

彼はその巨大ファームのパートナーの中でも極めて優秀で、近い将来間違いなくシニア・パートナーとして経営陣の一角に名を連ねるであろうと噂(うわさ)されていた。

それがほんのひと月ほど前にアーネストとランチを共にしたのをキッカケに、彼はその権力への階段をあっさりと下りてアーネストの事務所に移ってきた。

アーネストとのランチでどんな会話がなされたのか、誰も知らない。しかしヴィクターは自(みずか)らの顧客(こきゃく)ファイルは一切持たずに前の事務所を出たのだ。

「ここはそれほど広くはないが品がある。きみと一緒でエレガントだ。クライアントに見せびらかす成金趣味の装飾もなくて居心地(いごこち)がよさそうだ」

ヴィクターはじっとアーネストを見る。強い光を宿したグレイの瞳に一瞬引き込まれそうになるのを、アーネストは意思の力で抗(あらが)った。

「…これからうちの連中に引き合わせるよ」

何も感じなかったように自然に視線を外すと、ヴィクターを会議室に案内した。

彼らのファームのあるこの街は、夏の朝はたいてい深い霧に包まれている。

パシフィックハイツから見下ろすと急坂を下った先に海が見えて、それはいかにもサンフランシスコらしい風景だ。

市庁舎や裁判所があるシビック・センターからほど近い通りにある上品なビルの七階に、彼らが働くヤング法律事務所はあった。

シニア・パートナーはオーナーにあたり、パートナーは事務所に資金を出資している立場だ。アソシエイトは所謂雇われ弁護士。キャリアが浅く稼ぎも少ない。当然給料も弁護士としては安い方だ。

この事務所は元はアーネスト・ヤングの義理の父親が経営していた事務所で、義父亡き後アーネストが所長になって後を継いでいる。

義父の穏やかで芯の通った人柄そのままのヤング事務所は、一定の評価を獲得し続けてきた。

アーネストが所長になってからは、超リベラルでタブーなしの姿勢に呆れて離れていったクライアントもいるが、義父の代からの評価を貶めるようなことはなかった。

ただいろいろと噂の絶えない事務所ではあった。

アーネストがドアを開けると、ドーナツを盛った皿を前に二人のアソシエイトが揉めているところだった。

「だから、おまえの左手にあるそのチョコレート・ドーナツは俺のだって云ってんだよ」

「いつからそんなルールができたんだ？　どれでも好きなのを取っていいと思ってたよ」

「おまえ、いつもはオールド・ファッションしか食わないくせに…」

「今日はチョコレートの気分なんだ」

思わずアーネストが咳払いした。

「…ジャック、ニック、朝から仲の良いことでけっこうだな」

ジャック・ミラーは褐色の肌にゴルチエがびしりと似合う、美形のアフリカ系アメリカ人だ。派手なネクタイとミスティローズのワイシャツが彼を更に引き立てている。茶目っ気溢れる表情が女性に大人気だが、実はこの事務所では唯一の既婚者だった。

地方検事の椅子を狙う野心家でとびきり美人のワイフと結婚してまだ十カ月ほどだが、彼女は現在自分のキャリアのためにサンディエゴに出張していて何週間も家に帰ってこない。その寂しさをジャックが他で埋めようが気にもしない。

「アーニー！　聞いてくれよ。ジャックが俺のドーナツだと知って嫌がらせするんだ」

黙っていればグッチのスーツがよく映えるフェロモン垂れ流しイタリア系のニック・アルバルトなのだが、口を開くとそのイメージを完全にぶち壊してくれる。それをおもしろがって、同じアソシエイトで年も同じジャックは事あるごとに彼を揶揄うのだ。

そんなふたりのくだらないやり取りに、アーネストは思わず溜め息をついた。

「…それじゃあ俺が和解案を出してやろう」

云うなりジャックの手から人気のチョコレート・ドーナツを取り上げると、問答無用とばかりに半分に割った。

「何すんだよ、アーニー！」

ニックは思わず抗議の声を上げた。

「半分じゃドーナツじゃないじゃないか。だいたい俺はまる一個食べないと調子が出ないんだよ！　聡一も笑ってないでなんとか云ってくれよ」

さっきまで笑っていた黒石聡一が、慌てて笑いを引っ込めて目配せしてニックに教えようとするのを遮るように、アーネストはテーブルの端に尻を半分ひっかけて座ると、綺麗すぎて凍りつきそうな笑みを浮かべて長い指を彼の顎にかけた。

「ア、アーニー…？」

彼の歴代のガールフレンドたちが、あの指が曲者なのよねとうっとりと洩らすアーネストの指がニックの顎をくいっと摑んだかと思うと、その口に半分のドーナツを無理矢理押し込んだ。

そして何事もなかったかのようにテーブルから降りると、優雅な手つきで紙ナプキンで手を拭ってそれをポイとゴミ箱に投げ入れた。

そしてさっきから笑いを噛み殺しているヴィクターにちらと視線を向ける。

「…先週のスタッフ・ミーティングで既に報告済みだが、今日からうちの事務所のシニア・パートナーとして働いてくれることになったヴィクター・ウェストだ。彼のことは皆もよく知ってると思うが、仲良くやってくれ」

アーネストに紹介されたヴィクターは、人好きのする笑みを浮かべた。

「ずいぶんと楽しそうな職場だね。よろしく頼むよ」

アーネストがちらと皆に目を走らせると、ぱらぱらと拍手の音が聞こえた。

他の弁護士たちは彼のような大物が自分たちの事務所に来る理由がわからずに、様子を窺っているようだ。

そんな状況にヴィクターはちょっと苦笑を洩らす。

「こちらの事務所の噂はいろいろ聞いてるよ。なのでひとつ云っておきたいのだけど…」

そう云うとすっと立ち上がってアーネストの席に移動する。

「…ヴィクター？」

怪訝そうな顔を見せるアーネストの頬に屈み込んでキスをしようとしたが、あと少しのところで彼の強力なアッパーがヴィクターの顎に入った。

「いてー」

顎に手を当てて抗議の声を上げる。それを見てニックが口笛を吹いた。

「さすがアーニー！　やるう」

「残念だったね、ミスター・ウェスト。所長はうちの事務所唯一のストレートの弁護士なんだよ」

ジャックはそう云って茶目っけたっぷりに笑ってみせる。

「…知ってるよ」

ヴィクターはふっと眉を寄せて苦笑を返す。

それは相手の隙間にするりと入ってきて容易に同情を引きなんとかしてあげたいという気持ちにさ

せる、得意の微苦笑だ。

ヴィクターは事務所いちモテ男と噂のジャックに、わざと試すようにその笑顔を見せる。計算通りジャックは僅かに動揺している。

「…実はアーニーとはロースクールからの付き合いでね。俺は彼を口説くつもりでここに来たんだ。だから俺と険悪になりたくなかったら、彼には手を出さないでもらおう」

彼に殴られた顎をさすりながら云うと、今度は自信満々の笑みを見せた。

五千ドルは軽くしようかというアルマーニのスーツが、これ以上ないほどよく似合っている。

広い肩幅と厚い胸板は学生のころにフットボールで鍛えたものだ。カレッジではラインバックでキャプテンも務めた。

自信家でリーダーシップも充分だが、それをあまり全面に出さずに相手を立てるのがうまいせいで意外に敵が少ない。要するに処世術に長けている。

バイでバツイチで子持ちでありながら、恋愛に関しては物心ついてからずっと負け知らずだ。ただし唯一アーネストのことを除けばだが。

「ヴィクター、ミーティングの席でくだらない話は控えてくれ」

頬杖を突いて報告書に視線を落としたまま、アーネストは淡々と返す。またジャックたちの失笑が洩れた。

ヴィクターはその言葉を予想していたように、軽く肩を竦めただけだった。そしておとなしく席に着いた。

「それじゃあ、報告してくれ」

アーネストは脚を組んでちらと視線を上げた。

「シュミット対GS社。不当解雇の件でうちはシュミット側」

パートナーのロニー・ヘンダーソンが、ようやっと自分のところまで回ってきたドーナツを取りながら始める。彼は今のところこの事務所の稼ぎ頭だ。

「和解は？」

「両方が拒否。今日、陪審員選びの予定だ。この件はジャックに手伝ってもらう」

アーネストは黙って頷く。

「…聡一は例のマシュー少年？」

「今検事と取引中。ただあんまりいい材料がなくてねえ。いくら未成年とはいえ、今はネット犯罪に対しては厳しく取り締まれって方向だから…」

ヨウジヤマモトのスーツをさらっと着こなした聡一は、そう云って溜め息をついた。

彼は東京生まれの日本人だが、父親の仕事の関係で三歳から中学二年までの子供時代をここサンフランシスコで送った。

中二の途中で日本に戻りそれから大学一年まで東京で過ごしたのだが、日本の水が合わないのを痛感した。そして学内の留学制度を利用してまたアメリカに舞い戻った。

両親は日本在住だが聡一はその後もずっとサンフランシスコで暮らしている。

「とはいえ、彼の父上はうちでもＶＩＰ格のクライアントだから…」

「わかってるよ。そうでなきゃこんな依頼受けない」

ジャックの言葉に、聡一は溜め息交じりに返す。

「…それで父上はなんと云ってるんだ？」

「とりあえず、学校に知られないようにしてくれと」

全員が苦笑する。

「…反抗期なんだよ。完璧(かんぺき)なオヤジに逆らうためにやってる。オヤジがそれに気づかないといくらこっちが庇(かば)ってやっても無意味なんだよなあ」

「それってあれか？　親は金さえ与えてりゃいいと思って、本当に息子が欲しいのは金じゃなくて親の愛なんだよって話か？　まったく金持ちのガキはどこまでも贅沢(ぜいたく)だな」

ロニーが毒づく。聡一も彼と同意見だったので黙っていた。

そのときふとヴィクターが口を開いた。

「…検事って誰？」

「え？」

「だから取引してる検事」

「ああ、ブラウン検事だ。マーガレット・ブラウン」

ヴィクターがにやっと笑った。

「彼女ならちょっと貸しがある。口添えできるけど？」

聡一はヴィクターからアーネストにゆっくりと視線を移す。それに気づいたアーネストがゆっくりと頷いた。

「けどまあ、その前に解決しとかなきゃならないことがありそうだけどな」

ヴィクターの言葉に聡一は軽く溜め息をつく。

「…うちはカウンセラーじゃないから」

「それならニックに手伝わせたらどうだ？」

「え、俺？」

アーニーに名指しされてニックは焦った。

「少なくとも聡一よりはマシューが心を許すだろう。聡一は相手のコンプレックスを刺激するところがあるからな」

その言葉に聡一は思わず苦笑する。

「…アーニーにだけは云われたくないんだけど」

「云えてる」

そう承けたのはヴィクターで、そんな彼をアーネストがきつい目で流し見る。

「検事の方はヴィクターに任せて、親子の話し合いはニックにやってもらうのがいいだろう。そうでなきゃいつまでもうちの事務所はマシュー坊やのくだらない事件に付き合うことになりかねないからな」

「アーニーがそう云うなら。いいよな、ニック？」

隣に座る彼を聡一はちらりと見た。

「そりゃもちろん…」

ニックは聡一にベタ惚れなので、彼の手伝いなら喜んでやる。

「じゃあ、あとで俺の部屋に来てくれ。それとヴィクターも」

ヴィクターはにっと笑って頷いた。

その後、いくつかの事件の確認をしてミーティングは終わった。

アーネストは秘書のエミリーにヴィクターを彼の部屋に案内するように告げると、ロニーを追いかけて彼の部屋に入った。

「ロニー、ちょっといいか？」

返事を聞く前に自分でドアを閉める。

「…ヴィクターの感想？」

ロニーは意味ありげなうす笑いを浮かべたが、あっさりとアーネストに否定された。

「いや、それはどうでもいい」

「それじゃあ、裁判の件で？」

「いや、別件だ」

そう云うと、ロニーのデスクに近づいて声を潜めた。

「エディ・カーチスを覚えてるな？」

一瞬、ロニーの表情が変わった。

エディは三年前まで彼らの事務所で働いていた。ただし弁護士ではなく助手として。

彼がその後弁護士になって、今はＬＡの公選弁護人事務所で働いていることはアーネストたちの耳にも入ってきていた。そして半年ほど前に彼は大きな勝ち星を上げた。その裁判のことはロニーもよく知っていた。

「彼をうちにスカウトしたい」

「は？」

アーネストは綺麗な顔にとびきりの笑顔を浮かべた。

「きみにエディを引っ張ってきてもらいたいんだ」

「ええっ、ちょっと待ってくれ、それは…」

「所長命令だよ」

「ちょっと横暴すぎないか？」

アーネストはロニーの顔を正面からじっと見つめた。

「きみにはエディを連れ戻す義務があると思うんだが…」

「…エディは勝手に辞めたんだ。俺が辞めさせたわけじゃない」

「俺はそうは思ってない」

ロニーは思わず眉をしかめた。

「…アーニー、いくらあんたでも云っていいことと悪いことがあるだろう」

アーネストは鼻で笑った。

「すぐに連れてこいとは云わない。よく考えて決めればいい。どうしてもできないと云うのなら、俺を納得させる理由を考えておけ。とにかくこれはきみの仕事のひとつだ。いいな?」

ロニーの返事を聞く気などなく、アーネストはさっさと彼の部屋を出て行った。

彼の背中を見送りながら、ロニーは思わず溜め息をつく。

エディ・カーチス。かつては献身的な自分の助手だった。しかし自分にとって彼はそれだけの存在だった。ずっとそのはずだった。

彼が再び弁護士としてスタートするまでは。

＊＊＊＊＊＊

エディ・カーチスは年季の入ったモトクロスタイプの二輪を地下の駐車場の隅に停めると、ヘルメットを脱いだ。そしてちょっとくたびれたレザージャケットのジッパーを途中まで下ろす。ここサンフランシスコでは二輪に乗るときは一年じゅう革ジャンが欠かせない。もちろん真夏でも。

エディは茶色の髪を手櫛でばさばさと簡単に整えた。可愛いと秘書の間では評判の容貌だが、本人はガキっぽいのが不満だ。

ヘルメットを抱えて、来る途中に馴染みのパン屋で買ったサンドイッチを頬張りながら、エレベーターに乗り込んだ。

「おはよう。エディ、早いな」

朝から一分の隙もないアーネストが、輝くような笑みを見せる。

「あ、アーニー、おはよう」

「美味しそうだな」

「あ、よかったら食べます?」

慌てて残り半分のサンドイッチを差し出す。それをアーネストは笑顔で辞退した。

「ありがとう。けど、きみの朝食を横取りするわけにはいかないだろう。それに俺はちゃんと食べてきたから」

その笑みにエディはふんわりと幸せな気分になる。

この事務所に入って三年目なのでもう慣れたとはいえ、アーネストの美貌には今でも見惚れることがある。

最初のころは、彼が自分の視界に登場すると決まってチャイコフスキーのピアノコンチェルトが流れたし、彼の背後には大輪のバラが見えることもあった。

もちろんエディは日本の少女漫画は読んだこともなかったし、クラシック音楽も実はチャイコフスキーとベートーヴェンとモーツァルトくらいしか知らなかった。エディにとってとりあえずチャイコフスキーが最もゴージャスで、派手な花といえばバラという些か貧困なイメージなのだが、それはアーネストの持つ雰囲気からそれほど外れてはいなかったようだ。

完璧な造作といっても差し支えないほどの端整な容姿。それだけでも溜め息が出るほどなのに、豊かな表情がそれを何倍も魅力的にしている。

父方の複雑に混ざり合った血が、類を見ないほどの美貌を創り出しているのだろうか。しかしその実の父の存在は完璧なアーネストの唯一の弱点になっている。

彼の父は学ぶことも働くこともせずに、卓越した容姿とセックスで女性を虜にするだけの人生を過ごしてきた。そして六十歳を目前にした現在でも、その生き方を変えていない。何度も結婚しているもののまともに家庭を築くことなく、もちろん子供ができても育てる気などさらさらない。にもかかわらず相手に云われなければ避妊もしない。

アーネストはそんな父を心底軽蔑していた。彼のような生き方は動物以下だ。

十三歳になって母が再婚したとき、彼は尊敬できる義理の父こそが自分の父親だと思おうとしたが、それは彼にとっては簡単なことではなかった。

しかしもちろん、アーネストにそんなコンプレックスがあるとは誰も想像もしていない。

事務所の中でもプライヴェートでも、アーネストはそんな自分をおくびにも出さない。常に冷静で自信と余裕に満ちていて、勤勉であることに誇りを感じている。

アーネストには華やかな噂が絶えないし女性関係もなかなか派手だったが、彼にとって恋愛が仕事よりも優先されることはエディが知る限りはなかったようだ。

どんな場合にも絶対に自分を見失わない彼を、エディは尊敬し憧れてもいた。

最初にアーネストに会ったときのことをエディは鮮明に覚えている。


エディは母子家庭で育った。ぎりぎりの生活だった上に彼には弟と妹がいたので、ハイスクール卒業後は働きながら大学に通っていた。

公認会計士の資格を取るつもりでゴールデンゲート大学の夜のコースに通っていたとき、特別カリキュラムの一環として数人のプロフェッショナルによる特別講座が開かれた。そのときの講師の一人がアーネストだったのだ。

そのときエディはアーネストに一目惚れした。いや惚れたという言い方は適切ではない。心を奪われた瞬間から、エディにとっては恋愛の対象ではなかった。そういうレベルでは語れない。ただただ一方的に憧れていたのだ。

無論、アーネストの方がエディを求めてきたとしたら絶対に拒めるわけがなかっただろうが、幸か不幸かアーネストはバリバリのストレートだった。

特別講座は月一回で半年行われた。

ハイスクールを卒業して以来、エディには恋人も居なかった。ゲイである彼にとってそれを公言することなくボーイフレンドを作るのはそれほど簡単なことではなかったし、何より彼にはそれだけの時間がなかった。そしてアーネストに会える月に一度の講座は、彼の涸れかかった日々の潤いとなっていた。

受講者の大半はロースクールの学生で、内容もかなり専門的なことだったが、エディは熱心に聞いていた。そしてレポートを提出することになって、エディは今までにないほど真面目にそれに取り組んだ。

夜学のクラスの後はずっと図書館で過ごし、アーネストの言葉を思い出しながら丁寧にその背景を調べる。与えられたテーマに沿って、できる範囲で徹底的に調べ上げた。

そのときのレポートが元で、エディはアーネストのファームで働くことになったのだ。

「ロースクールの方はどうだ？　仕事との両立はきついだろう」

エレベーターを先に降りたアーネストは後ろにいるエディを振り返った。

「……ええ。けど、なんとかやってます」

「困ったことがあったら何でも相談しろよ。遠慮するな」

エディは黙って頭を下げた。

迷っていた自分に、ロースクールに行くことを勧めてくれたのはアーネストだった。それからはエディが両立できるように何かと気を配ってくれている。

「ところで、きみにちょっと頼みたいことがあるんだが。後で手が空(す)いたら俺の部屋に来てくれないか」

「…今でもいいけど？」

アーネストはにっこり笑って、爪の形まで完璧なひとさし指をちょいちょいとかざして自分の部屋に招いた。

「コーヒーご馳走(ちそう)するよ」

「それじゃ、着替えてきます」

エディはばたばたとロッカールームに向かった。

「エディも噂は耳にしてると思うけど、秘書や助手たちの間でロニーの評判が些かよろしくないようなんだが」

その名前にエディはどきっとした。

ロニー・ヘンダーソンは数カ月前にこの事務所に移ってきたやり手の弁護士だ。

野心家で自信家、六フィートを超す長身でしかもなかなかの男前。それまで居た事務所では主に刑事事件を扱っていて、大きな事件もいくつか手がけていた。負けなしとまではいかないまでも、勝率は九割以上だ。

「バネッサからもなんとかしてくれと云われてるんだよなあ」

クライアントとの約束からマスコミの対応まで渉外を一手に引き受けているのがアーネストの義父の代から働いているバネッサで、彼女のチェックなしには何人もヤング事務所に入れないことになっている。

キャリア三十年で窓口業務は彼女がひとりでさばいていて、恐らく事務所一できた人間で滅多なことでは文句を云わないだけに、彼女が怒ってるということはそれだけで大問題でもあるのだ。

「エディ、きみの意見は？」

「…ロニーは弁護士としての腕は文句なしだと思うけど、ただ僕ら事務員に対しての態度がなんというか…」

「差別的？」

エディは思わず苦笑した。

「そこまでは云わないけど。まあ使用人くらいには思ってるみたいだね。僕らは弁護士の使用人じゃない。そうでしょ？」

「もちろんだ。それは何度か彼にも注意はしたんだけど…」

彼らの事務所では大ファームのように弁護士ひとりずつに秘書はつかない。スケジュールはパソコンで各弁護士が個人で管理することになっている。

クライアントとの連絡はバネッサがその窓口となり、細かいフォローをエミリーが手伝う。訴訟(そしょう)手続きの書類の作成や資料収集などの弁護士のアシスタントを、エディを始めとする数人の弁護士補助員(パラリーガル)が行う。それも弁護士ごとの担当はつかず、事件ごとに担当するのだ。

合理主義者のアーネストが始めたシステムで、所長である彼にも専任の秘書は居ない。

「そこでだ。きみに暫(しばら)くロニーのアシスタントをしてもらって、ここのルールをがつんと教え込んでほしいんだよね」

エディは飲みかけたコーヒーに噎(む)せそうになった。

「む、無理ですよ！　彼が僕の云うことなんか聞くわけないって」

「云うことをきかせるわけじゃないよ。きみがわからせればいい。きみの仕事ぶりで」

「……」

「俺が何か云うと命令になるだろう。それでは彼には決してわからない。きみが彼と仕事をすることで、彼に気づかせるんだ。それでも気づかないバカなら、そのときはロニーに辞めてもらうよ」

アーネストの提案はこのときのエディにはかなり魅力的だった。

実はエディはロニーがこの事務所に来たときから、彼に片想いしていたのだ。

エディはロニーのような傲慢(ごうまん)で押しの強い相手に弱かった。しかもいかにももてそうな男っぽい容姿は、まさにエディのストライクゾーンだった。

しかしロニーに美人検事の恋人が居るらしいことは聞いていたし、同性の自分が問題外だということはわかっていた。だから何かを期待していたわけではない。それで今まではどちらかというと彼を避けていた。彼とかかわって報われるとは思えない。

それでも、いやだからこそ、彼に自分を仕事仲間として認めさせることができるというのは、仕事と学校で色気のない毎日を送るエディにとっては心ときめかせる計画のように思えたのだ。

「どう？　もちろん夜間スクールのことは彼にもちゃんと説明しておくし、必要以上に負担になるようなことにはならないように俺も気をつけるから」

「…アーニーがそう云うなら」

アーネストはにやっと笑うと、すっと立ち上がってエディに握手を求めた。

「決まりだ。もちろんうまくいけばボーナスは弾むよ。ロニーはきみが云ったように腕はいい。できればここで続けてほしいと思ってる。それには君たちとうまくやっていくことは必要不可欠だ」

エディはアーネストの言葉に応えるように、力を込めて彼の手を握り返した。

そうして、エディはロニーに接近することになった。


エレベーターが彼らの事務所のあるフロアに止まって、ヴェルサーチを厭味たっぷりに着こなしたロニー・ヘンダーソンが降りてきた。

彼の場合背景は荒波だな、とエディは思った。ハイスクールのころに日本贔屓の美術教師に模写させられた、北斎の『富嶽三十六景・神奈川沖浪裏』のイメージだ。しかもなぜかBGMはレッドツェッペリンなのだ。それも『Dazed And Confused』がぴったりだとエディは思っていた。まさに眩惑と混乱。ハマりすぎている。

しかしそんなことを考えていることは露ほども見せない。

ロニーと目が合うと同時に彼の仕事モードにスイッチが入った。

「エディ、アートンが資料は送ったと云っていたが見てないか？」

「フェデックスがうちのビルに配達に来るのはたいてい十一時だから、そのときに来なければ調べさせるよ」

突き放した返答に、ロニーはちょっとむっとした表情を見せる。

「今見たいんだ。先にうちに回るように担当者に連絡してくれ」

「そういうことでしたらご自分で」

エディはにべもなく返して、まとめたファイルをロニーに渡す。

「これ読むだけで午前いっぱいはかかるよ。そうこうしてるうちに資料も届くんじゃないかな」

「……」

ファイルは昨日ロニーがエディに頼んでおいた裁判記録のコピーだ。どんなに急いでも二、三日はかかると思っていたが、エディの手際のよさにロニーは黙り込むしかない。

エディはロニーが具体的にどの資料が必要かを要求する前に、既にあたりをつけて準備しているのだ。ロニーにもそれがわかっているから、エディが弁護士ではなくても法律に詳しく充分に優秀だということを認めないわけにはいかなかったのだ。

「それから『リーガル・ジャーナル』が例のレポートの感想のコメントを聞きたいって。このあと電話してくれってバネッサからの伝言」

「…ああ」

「もうひとつ。明日の記者会見の原稿もアーニーのチェックをもらってる。彼からの伝言は、ネクタイはブルー、だって」

「…ブルー？」

「ロニーの今週のラッキーカラーだって」

「はあ？」

「アーニーが今付き合ってる彼女が、占いに凝ってるんだよ」

「……」

「ただのお遊びだよ」

ロニーは思わず眉をしかめる。

「…そのうち風水とかに凝り出して、このフロアの真ん中に気の通り道とか作り出したら俺はこの事

務所を辞めるぞ」

ぶつぶつ云いながら自分の部屋に入って行った。いいようにエディに云いくるめられていることに気づいていない。

エディはわりあい早くロニーの扱い方を把握した。

ロニーはエディが思っていた以上に冷淡で傲慢だったが、それでも相手の能力を認めればそれを正当に評価するという意味ではフェアだった。

彼は能力主義だったので、エディの能力の高さを認めるようになってからは彼に対して横柄な態度を取ることはなくなった。それと同時にエディ以外の助手たちに対しての態度も軟化された。


ちょうどそのころ、ロニーは知人の弁護士であるダニエル・リッチモンドの依頼を受けて殺人事件の弁護の手伝いをすることになった。

被害者は開業医で自宅の居間で死んでいるところを妻に発見された。遺書が見つかったので最初は自殺かと思われたが、警察は捜査の結果、遺書にはサインがなく本人のものであるという信憑性に欠けるものとして自殺説を否定。そして妻の犯行と断定し逮捕、起訴したのだ。

被害者はリッチモンドの事務所の顧客で、被告である妻は彼に弁護を依頼してきた。しかしリッチモンドの事務所は元々刑事事件は積極的には扱わないため、敏腕な刑事弁護士が居なかった。それでロニーに応援を依頼してきたというわけだ。

ロニーは破格の弁護料を提示されて引き受けた。

リッチモンドはロニーとは違うタイプの鼻持ちならない奴で、エディを顎で使った。

親のコネで金持ち相手の弁護士事務所に入ったはいいが、ぬるい裁判しか担当させてもらえない上に大した結果は挙げてない。それでもママが回してくれるリッチな顧客のおかげで、事務所をクビにもならずに弁護士ぶっている。

エディはロニーの手前黙ってリッチモンドのためにコピーを取りコーヒーをいれてやっていたが、見栄っ張りで知性のかけらもない彼に些かうんざりしていた。

罪状認否（ざいじょうにんぴ）も終わって公判までに少しでも被告に有利な情報を集めようと、ロニーの指示の下エディは飛び回っていた。

「検死報告書と、被害者が亡くなった週にかけた電話の通話記録。こっちは携帯」

エディは二人にコピーを渡す。

「死亡原因はシアン化カリウムによる中毒死で間違いないようだな」

報告書をめくりながらロニーが云った。

「それで、彼女が受け取る保険金はどのくらいになる？」

「五百万ドルほど…」

リッチモンドが口笛を吹いた。

「それだけで検察が彼女を疑う理由は充分だな」

「疑いだけじゃないんだろう。何か有力な証言を隠してる可能性があるな」

そう云ったロニーを、エディがちらりと見た。

「そのことなんだけど、ちょっといい？」

ロニーは頷いて、エディに先を促す。

「…よけいなことかもしれないけど、ケンドリック氏の証言にあまり頼りすぎない方がいいと思う」

リッチモンドが驚いて顔を上げた。

「なんだって？」

「彼を信用しすぎない方がいい」

「おいおい、彼は大事な証人だぞ。いいかげんなことを云うな。まさか彼を怒らせたりなんかしてないだろうな？」

「しませんよ、そんなこと」

「頼むぜー。ロニー、彼を信用して大丈夫なのか？」

エディはむかつく気持ちを、それでも一切顔に出さなかった。

ロニーはリッチモンドの質問には答えず、エディに向き直った。

「なぜそう思う？」

「…云ってることが曖昧すぎる」

　エディの答えに、リッチモンドはバカにしたように笑った。

「きみの方がずっと曖昧だと思うが？」

　ロニーはちらとリッチモンドを流し見て、そして再度エディを見た。

「どんなふうに？」

「彼とはもう五回以上話をしてるが毎回少しずつ違うことを云ってる。細部がいつも違っている。そこを検察に突っ込まれないとも限らない。俺の気のせいならそれでいい。けど、俺なら他の証人も当たっておくね」

　エディの提案を、リッチモンドは鼻で笑った。

「ロニー、彼は弁護士だったのか？　それならそうとちゃんと紹介してくれよ」

「エディはロースクールに通っている」

「学生！　なるほど！　そのスクールボーイが我々(われわれ)にアドバイスをしてくれるってわけか。これはありがたい」

　そう云って下品な笑い声をたてる。

　エディは完璧なポーカーフェイスを保(たも)っていたが、腸(はらわた)が煮えくり返りそうだった。

　そのときに低い声でロニーが云った。

「ダニエル、これは殺人事件なんだぞ。笑ってる場合か」

「あ、ああ、すまん」

ロニーの声の冷たさに、リッチモンドは慌てて笑いを引っ込めた。

「他の証人といっても、心当たりはあるのか？」

「…ブライトマン夫人」

「けど彼女は証言を拒んでるんだろう」

「だいたい、彼女は被告とは仲が悪くて有名なんだ。そんな人が被告のために有利な証言をしてくれるとは思えない」

リッチモンドの言葉に、エディはさっと眉を寄せた。

「ブライトマン夫人はそんなせこい人間じゃないよ」

「彼女と話したのか？」

「ああ、何度か。まだ証言することは渋っているが、説得できないことはない」

「じゃあ説得してくれ」

エディは殆ど表情を変えずに黙って頷く。当然リッチモンドは納得がいかない。

「ロニー、ケンドリックは被告の古くからの友人だぞ。ブライトマン夫人よりもよほど頼りになるに決まってる」

エディは内心失笑したが、そんなことは露ほども見せない。それはロニーも同様だった。

「べつにケンドリックを証人のリストから外すとは云ってない。ただ証人は多いほどいい」

「それはそうだが…」

「俺たちはケンドリックとは一度会っただけだ。ブライトン夫人にいたっては電話を一度したきりだ。エディは何度も会って話をしてる。こういう場合はエディの印象を信じることにしている。そうでなきゃ彼を行かせる意味がない」

エディはどきりとした。ロニーがそんなことを云うとは想像もしてなかったのだ。

「エディは今までそうやって俺や他の弁護士の仕事を支えてきた実績がある。法律にも詳しいし、カンも鋭い。それでいて慎重だ。その彼があえて云ったことを蔑ろにするつもりはない」

顔にこそ出さなかったが、エディの心臓は早鐘のように打っていた。

ロニーの言葉がリッチモンドに対する皮肉のつもりだということはエディにもわかった。それでも滅多に他人を誉めない彼が、エディの有能さを第三者に云ったということはエディにはやはり特別なことだった。

正直、嬉しくないはずがない。

「それと、うちの助手はあんたの使い走りじゃない。二度とエディにコーヒーをいれさせたり、ランチを買いに行かせたりするな。彼にはべつの仕事がある。コーヒーがどうしても飲みたいときは、向かいのスタンドで買って来るんだな」

これが止めだった。

リッチモンドはバツの悪い顔をしていたが、云い返したりはしなかった。

ロニーはべつに自分を庇ってくれたわけではない。この事務所でのやり方をリッチモンドにわからせているだけなのだということはわかっていた。

それでも、ロニーの口からこんな言葉が聞けるとは思っていなかったのだ。

このときに、エディは不覚にもロニーに捕まってしまった。


ロニーはその後も傲慢な姿勢は崩さなかったが、それでもその中でほんのときたま見せる弱気や優しさや人間味にエディは否応(いやおう)なく惹かれていった。

「ああ、ちくしょう!」

エディは自分の髪を掻(か)き毟(むし)った。

わかっていたのだ、自分があういう強引で人でなしな男になぜか惹かれるということは。そしてそういう人でなしが、僅かに人間的なところを見せると自分のような間抜けは簡単に、そう実に簡単にやられてしまうのだ。

相手が自分のことなどなんとも思っていないのは百も承知で、ひとりで舞い上がってしまう。

だいたいちょっと考えてみればわかることで、欠点のない人間がいないように長所のない人間もいないのだ。それなのにそんなものに引っかかるなんて、単純すぎる。これではまるで、恐喝(きょうかつ)までやっちゃうような不良少年が、雨の中に捨てられた仔犬(こいぬ)にマックのハンバーガーを分けているシーンに出くわして、きゅんとなっちゃう女子中学生と同じではないか。いや、今どきの女子中学生はもっと現実的かもしれない。

「しっかりしろ。エディ・カーチス」

エディは自分を叱咤した。

絶対に報われることのない相手を好きになるのはバカげている。それは充分に承知しているというのに、それでもどんなに彼が陰険で人でなしでも、彼の仕事ぶりはエディを強く惹き付けるのだ。特に最終弁論で相手を追い詰めていく非情な姿にはぞくぞくする。

それでも、エディはそれを誰にも悟られないだけの理性は持ち合わせていた。何よりポーカーフェイスには自信があった。だからたぶん、事務所じゅうの誰ひとりとして彼がロニーに恋していることを知る者はいなかったはずだ。もちろんロニーも含めて。

エディがアシスタントをするようになってから、ロニーは負け知らずだった。なにしろ、アーネストが冗談でエディはロニーの勝利の女神だと云い出すくらいの絶好調ぶりだった。

難しいケースも勝利を収めるようになると、検事が裁判を避けようとするから司法取引の条件も当然よくなる。ロニーの依頼は増え、エディも多忙を極めていた。

残業が増えるとロースクールにも通えないし、そのための勉強の時間も取れなくなってくる。両立が厳しくなってきて、ロニーとぶつかることも出てきた。それでもエディは何とかしてロニーのアシスタントを続けられるよう、寝る時間も削ってスケジュールの調整をしていた。

そんな矢先の出来事だった。

「ロニー、マズいことになった。さっき電話があってマクグラスが証言…」

慌ててドアを開けたエディは、部屋の中の光景に思わず固まった。

ロニーが同じ事務所の弁護士の聡一とキスをしていたのだ。それも、かなりディープなやつを。

そのときに自分がどんな顔をしていたのかなんて注意を払う余裕もなかった。この事務所に勤めるようになって、このときほど驚いたことはない。

「ご、ごめん…！」

けたたましくドアを閉めると、トイレにかけこんだ。

落ち着け、落ち着くんだ。

エディはそう繰り返した。

ロニーが自分の部屋にしけこんで恋人とキスをしてるのを目撃したこともあるし、それ以上のことをしているらしいことも知っていた。しかしそれはすべて相手が女性の場合だった。

彼の守備範囲が同性にまで及んでいたことを、このときまでエディは知らなかった。

あれが冗談のキスではないことは明白だ。

聡一は自分がゲイであることをカミングアウトしていたし、ロニーの腕はしっかりと彼の背中に回っていた。

それを思い出すと、胸の奥に鈍い痛みが走る。

エディは意識的に聡一とは距離を置いていた。彼と親しくなると自分の性癖がバレるかもしれないと恐れたせいだ。

自分は彼のようにカミングアウトする勇気はない。聡一の態度に尊敬すると同時にどこかで嫉妬もしていた。その聡一とロニーがキスをしていたのだ。

二人は似合いのカップルに見えた。ロニーに身をあずけて恍惚（うっと）りと口付けている聡一は、セクシーで綺麗に見えた。

考えてみれば、聡一はロニーの恋人の条件にこの上もなくぴったりだった。

ロニーの恋人の条件とは、もちろん本人から聞いたわけではない。それまでの何人かの彼の恋人を見てエディが作ったものだったが、たぶん外れてない自信があった。

綺麗で有能。そして社会的地位の高い知的な職業についていることだ。彼は自分と同ランクの人間しか相手にしない。

エディは自嘲（じちょう）を洩らすと、ようやっと仕事のことを思い出した。

厄介（やっかい）なことが山積みだ。こんなことでパニックを起こしている場合じゃない。

ばしゃばしゃと顔を洗うと、両手で頬を叩く。

「しっかりしろ」

鏡の中の自分に怒鳴りつける。

こんなことでロニーに自分の気持ちがバレるようなことにでもなったら、あまりにも惨めすぎる。

今度はちゃんとノックをした。聡一は既に部屋から出たあとだった。

「…何してたんだ？　さっきマクグラスが何とか云ってなかったか？」

「ああ、ごめん。朝からショックなことが続いたから、食ったばっかのサンドイッチを戻しそうになったんだ」

いつものポーカーフェイスで平然と返す。自分がダメージを受けていることを悟られるわけにはいかない。

「そりゃ悪かったな。サンフランシスコじゃ珍しくないと思ったが」

ロニーはこの街にちょっとした偏見があるらしい。

「だいたいノックもしないで押し入ったのはそっちだぞ」

ロニーの言葉に彼が何も気づいてないことを確信して、エディはとりあえずは落ち着いた。

「今度から気をつけるよ。ただノックを忘れるくらい慌てることがあったんだ」

いったん言葉を切って、続ける。

「マクグラスが証言しないと言い出したんだ」

「なんだと？」

ロニーの表情が変わった。

「どこからか圧力がかかったらしい。彼の証言がないと、うちはかなり不利な状況に立たされる」

「わかってるさ、そんなこと。とにかく説得するしかないな」

「…きみの苦手分野だね」

しゃあしゃあと突っ込む。ロニーは眉を寄せた。

「苦手なんじゃない。面倒なだけだ」

「それは失礼」

「…おまえ、さっき圧力がかかったとか云ったな。どのあたりだ？」

「そりゃ彼の会社だろ」

ロニーはにやりと笑った。

「それなら大丈夫だ。説得より簡単な方法がある。俺がそれ以上の圧力をかけてやるのさ。会社の圧力なんて屁（へ）とも感じないほど強烈なやつをね」

　ああ、まただ。

　聞こえてきたのはクィーンの『WE WILL ROCK YOU』だった。それもライヴ・ヴァージョンだ。床を踏み鳴らすあのイントロ。あの曲はそのまま『WE ARE THE CHAMPIONS』へと続くのだ。

　我らがフォーティーナイナースのゲームを見に行ったときに、皆で床を踏み鳴らした。特に相手があのいけすかないオーナーのいるカウボーイズとのゲームとなればよけいに力が入った。そう、あの昂揚（こうよう）感。

やばい、とエディは思った。彼のこういう自信満々の顔を見るとぞくぞくしてくる。

「証人をそこまで追い込んで悪い立場になったりしないか？　こっちに有利な証言をしてくれなくなるかも」

自分の感情に蓋をするように云わずもがなの指摘をしてみる。

「彼は知ってることを答えりゃそれでいいのさ。バックれやがったときは偽証罪に問える」

ロニーは法律を盾に頬をペチペチ叩くのが大好きなサディストだ。しかしそんなところも性格が悪くて手段を選ばないところも好きなのだ。もうどうしようもない。

こんなふうに臨戦態勢に入ったロニーはエディにとっては挑発的でさえある。エディ自身、自分の趣味の悪さに辟易していた。それでも惹かれるのは仕方ない。

「わかった。それじゃあ彼にもう一度アポを入れておくよ」

「ああ。断わったら召喚状を送るとでも云っておけ」

また、敵を追い詰めていくロニーを見ることができる。それも一番いい席で。

それだけでいいのだ。たとえ、彼が聡一と付き合っていようが美人検事と付き合っていようが、一番近くで彼のために働ける位置にいるのは自分なのだ。

アーネストの与えてくれた仕事にエディは感謝した。それだけで充分だった。とにかくそう思うことにしていた。

キス事件以来、聡一とロニーが一緒に居るのをよく見かけるようになった。原因はわかっていた。聡一が刑事事件の経験を積むために、ロニーのサブに付くことが増えたせいだ。もしあのキスシーンを見ていなければ、エディも二人の急接近について何とも思わなかったかもしれない。仕事上のことだと納得していただろう。しかし、あれ以来ふたりでランチをとっているのを見るだけで鈍い痛みを感じるのだ。

それを吹っ切るように勢いよくノックをしてロニーの部屋に入る。あれ以来エディはノックを欠かしたことはない。誰の部屋であれ。

「二時からの証言録取、相手側が十五分ほど遅れるって。それとこっちはウィーバー事件の訴状。警察の調書はこれ」

「…精神分析医のリストは？」

「まだ交渉中の医者がいるので…」

「公判は来週だぞ」

「それには間に合わせるよ」

「そうしてもらわないと困る」

ロニーがそう云うと同時に聡一が部屋に入ってきた。両手に事務所の向かいにあるコーヒーショップチェーンのカップを持って紙袋を引っ提げている。

「お待ちかねの調書がきてるぞ」

エディが持ってきたばかりのファイルを振ってみせる。

「お、ラッキー。エディの分も買ってくればよかった」

サンドイッチの紙袋をデスクに置くと、エディに気づいて云った。

「僕は事務所のコーヒーがあるから…」

「カプチーノだよ。俺はこれがないと頭が回らなくなって」

「…中毒だね」

「まさにそうだよ」

困ったように眉を寄せる聡一は、充分に魅力的だとエディは思った。なんというか大人っぽくてセクシーなのだ。

「おい、俺のもカプチーノにしたのかよ」

「それが一番うまいんだって」

「俺はコーヒーには何も入れない主義なんだ。ミルクもクリームも砂糖も」

聡一は肩を竦めると、カプチーノのカップをエディに渡した。

「それじゃエディに飲んでもらうよ。調書のお礼に」

「え…」

「せっかくのカプチーノに文句云われちゃたまんない。エディ、俺のおごりだよ。飲むよね？」

ウインクをして促す。エディは苦笑をしてそれを受け取った。

「それじゃあひと息入れて、またドクターに電話してみるよ」

わざと素っ気無く云ってロニーの部屋を出る。自分のデスクに戻ってカップを置くと、ほっと緊張を解いた。

彼らが二人で居ることでいちいち落ち込んでいたら仕事にならない。

今日も仕事のあとは夜間スクールがある。前のレポートが悲惨な出来だったので挽回しなきゃならない。こんなことが続いたらせっかく今まで続けてきたことが台無しになる。

ロニーのことより自分の将来のことを考えなくては。エディは自分に云い聞かせた。


事務所にファイルを忘れていたのを思い出して、ロースクールの帰りに仕方なく事務所に寄ることにした。

ファイルは事務所の資料室で借りるつもりだった事件のファイルだ。それでこの週末にレポートを書くつもりだった。ないとかなりマズいことになる。二回も続けてぼろぼろのレポートを出したら教授からも見離される。

今切羽詰まった事件もなかったし、そんなときに金曜日の夜に残業する人間は居ない。

エレベーターが止まると、ロビーは非常用の照明が点いているだけで薄暗かった。

目当てのファイルを見つけてさっさと帰ろうとしたときに会議室から物音が聞こえた。まだ誰か残っているにしても会議室に居るというのはおかしい。

そのときにふと一昨日見たテレビ番組を思い出した。屋敷に憑いた悪霊の話だ。妙にリアルな構成だった。

それを思い出すとちょっとどきどきしてきた。自分の足音にさえ怯える始末だ。

エディは特に怖がりな方ではなかったし、物音の正体が幽霊ではないかなどと考える方でもない。ただその番組を見て間がなかったせいで、考えがどんどん変な方向へいってしまう。ここで物音の正体を明らかにしておかないと、夜の街を二輪を駆ってアパートまで帰る勇気が持てない。

こういうときは何か祈りの言葉でも唱えた方がいいのかと思ったが、その霊と宗教が違うとややこしいことになるのではないか。そんなバカなことを考えながら、このまま引き下がるわけにいかないと深呼吸した。

わざと音を立てて歩いて、思い切りドアを開いた。

「悪霊、退散!!」

どうしてそんなことを叫んだのか、たぶん一昨日のテレビ番組の影響だとしか云いようがない。

しかしそこで見た光景は、なんとロニーと聡一の、まさに真っ最中だったのだ。

あまりにもびっくりしたせいで、ファイルを床に落としてしまった。ばらばらと書類が床に散らばる。それを拾うこともせずに、ただただ立ち尽くすばかりだった。

ふたりはからみ合ったまま、エディに視線を向けている。それでもエディは動けずにいた。まったくなんの心の準備もしてなかった彼は、自分の感情を取り繕うことができなかったのだ。

背中を冷たい汗が流れる。何か、何か云わなければ…。

「ご、ごめん、邪魔して。あの、お、おやすみ！」

自分でも何を云っているのかわからない。声が上ずっているのもどうにもできない。

ファイルを片付ける余裕などなく、もつれる足をなんとかなだめてエレベーターに滑り込んだ。

なんというザマ。あれでは誰にでもわかってしまう。あの驚きようは、あまりにも不自然すぎる。

あれは、そう、ものすごいショックを受けた人間の反応だ。キスを目撃したときはなんとかやりすごせたのに、今回のは大失敗だ。

悪霊の方がよほどよかった…。

絶望的な気持ちでビルを出た。

アパートに戻ってからというもの、消しても消してもふたりが抱き合ってる姿が頭に浮かぶ。

こういうときは、アルコールに逃げるしかない。そうやってこの週末を乗り越えれば、月曜日は何もなかったような顔をして出勤できる。真っ最中のふたりが自分の反応をいちいち気にしてるとも限らないし、いつものように冷静に振る舞えば気のせいかと思わせることもできる。

きっとできる。そう信じて、ビールの栓を抜いた。

昼を過ぎたころに目が覚めて、二日酔いで重い頭をかかえながらシャワーを浴びる。

食事を作る元気もなくとりあえずスポーツドリンクを飲んでいると、ノックの音がした。

大方管理人あたりだろうとペットボトルを持ったままよろよろと立ち上がって、ドアを開けた。

「…やあ」

そこに立っていたのは陽気で親切な年配のご婦人ではなく、聡一だった。

呆然と立ち尽くすエディに、聡一はファイルをそっと差し出した。

「昨日、忘れて帰ったろ？　ないと困ってるんじゃないかと思って」

「あ、ありがとう」

気まずい雰囲気のまま受け取る。

「あの、ちょっといいかな？」

ちらと部屋の中に視線を向ける。エディは慌ててドアを開けた。

見慣れたスーツではなくラフな格好の聡一は、ふだんよりずっと若く見えた。

「…コーヒー切らしてるんだ。水くらいしかなくて…」

「いいよ、そんなの。それよか顔色悪いよ？　具合悪いんじゃないか」

エディは黙ってミネラルウォーターのペットボトルを聡一に差し出した。彼はそれを受け取って、
暫く手の中でそれを弄んでいた。

「…きみもゲイだったのか」

「え…」

不意打ちだった。心の準備ができてなかったエディは、聡一に対してごまかすための言葉がすぐには見つけられなかった。

「俺としたことが、気づかなかったよ」

「あ、あの」

「けどこっちはカミングアウトしてるんだから、こっそり打ち明けてくれてもよかったんじゃないのかな」

エディはじっと聡一を見て、そして諦めたように溜め息をついた。

「…きみと付き合いたかったら打ち明けてただろうけど」

「俺はタイプじゃないんだ?」

「え、いや、そういう意味じゃ…」

いや、そういう意味だ、そう思って口を噤む。それを見て聡一は愉快そうに笑った。

「きみってこういうときはけっこう素直に顔に出るんだ。意外だな。事務所ではスカした奴だなあと思ってたけど」

「俺が？　スカしてるのはそっちだろ？」

「俺？」

聡一の目が興味深そうにエディに向けられる。

「…ヨウジヤマモトのスーツを着て、いつも涼しげな笑みを浮かべて、いつも相手のこと何でも見透かしてるような目で…。ゲイだと公言しても当たり前のように振る舞えて、欲しいものを何でも手にできて」

主旨がズレているのは頭ではわかっていたが止められない。

「エディ…」

聡一がエディの肩に手を置く。それをエディは乱暴に振り払った。

「俺を笑いに来たのか？　ゲイだとバラしたきゃ好きにすればいいだろ。どうせ俺はそんな勇気もなくて、レポートひとつも満足にあげられない落ちこぼれ学生で、もう弁護士になんかなれっこないのさ！」

まるで酔っ払いだ。昨日の酒がまだ残っているのか、自分でもよくわからなくなってきた。

「…そんなにロニーが好き？」

聡一の言葉に、エディは一瞬固まり、そして慌てて彼から目を逸らした。

「だ、誰もそんなこと…」

「云わないよ。きみがゲイだってことは誰にも。誓うよ」

「誓うって誰に？　きみはクリスチャンじゃないって聞いたけど」

その言葉に聡一はちょっと嬉しそうに微笑んだ。

「その程度には俺のこと知ってくれてるんだ。もしかしてきみには嫌われてるんじゃないかと思ってたよ」

「…嫌うほど知らないよ。ただ、僕は自分がゲイだってことを誰にも知られたくなかったから…」

その説明で聡一には充分だった。

「俺は基本的には無宗教だよ。日本人の家庭で育つとたいていはそうなる。だから、誓うのは自分自身に対してだ」

その言葉にエディは云いようのない敗北感を感じた。自分に対する揺るぎない自信。彼はロニーと同じタイプの人間なのだ。自分とは違う。

「…べつに誓ってくれなくていい。口止めする気もない」

精一杯の抵抗のつもりだった。聡一はそれににっこり笑ってみせた。

「せっかくこうして話ができたことだし、来週あたりきみをランチに誘いたいな。手伝ってもらいたい仕事もあるし」

「え…」

「きみの有能ぶりは弁護士の間では評判だよ。ロニーがきみを独り占めしてることをおもしろくないと思ってるのは俺だけじゃない。そろそろ他の弁護士のアシスタントをしてくれてもいいんじゃないのか」

エディには聡一の真意が読めなかった。それはロニーを忘れるためには彼との仕事を減らした方がいいという忠告なのか、それとも言葉どおりなのか。

ちらと聡一を見ると、彼は親しみに溢れる魅力的な笑顔を浮かべていた。そしてエディと視線が合うとちょっと目を細めて茶目っ気いっぱいの笑みを見せた。

「エディ、俺はカンがいいし、性格も悪い。俺がロニーに本気だったらきみが今心配してるようにきみを牽制するけど、彼とはただの遊びだから」

「え…？」

「セックスフレンドってやつ。恋人じゃない。だから俺のことは気にしなくていいってことさ」

当惑するエディに軽くウインクして頷いてみせる。

「ついでによけいなお節介させてもらえるなら、ロニーは本気になって報われる相手じゃないし、きみならもっといい相手が現れるよ。なんなら紹介してもいい」

それにはエディもまったく同感だった。何度そう自分に問いかけたかわからない。

「…ありがとう。紹介してもらいたいのは山々だけど、今ほんとにロースクールの方がピンチでさ。余裕ないんだ」

「弁護士の友達もいるよ？　デートしながらお勉強ってのは？」

エディは苦笑を返す。

「意外にお節介なんだ？」

「俺？　そうだな、誰にでもってわけじゃないけど、きみはなんとなく放っておけない気になるよ。

いつもはそんなふうに思ったことはなかったけど」

「……」

「仕事場じゃスキのない仕事ぶりだけど、プライベートはなんかすごく不安定なんだもん。いろんなことが」

「…仕方ないよ。時間がいっぱいいっぱいで、ひとつスケジュールが狂うと簡単に調整がつかないから、そういうときはぐちゃぐちゃだよ。今がちょうどその状態」

情けない顔で苦笑してみせると、いきなり聡一の顔が近づいてきて唇を塞がれた。唇を吸われ舌が深く入り込んでくる。エディは抵抗することも忘れてそのキスに酔っていた。

聡一の手がジーンズのジッパーにかかったときに、エディは初めて抵抗した。

「…キスだけで満足？」

エディはちょっとむっとなった。

「どうせ、欲求不満だよ」

「きみならいくらでも相手見つかると思うけど」

「…バーは苦手なんだ。だいたいそんな時間もないし」

聡一はにやりと笑うと、そんなエディを引き寄せてもう一度キスをした。

「やめろよ」

「相手があのロニーでなきゃ、いくらでも協力してやるんだけどなあ」

「そういう自分こそ、恋人いるのかよっ」

初めて聡一の顔が曇った。

「そこなんだよ、エディ。確かに俺には今恋人と云える相手はいない。だから手近なところで間に合わせてるんだよ」

聡一にとって手近なところが自分には手の届かないところなんだと思ったが、それは口にはしなかった。

「けどもうそういうのはやめておくよ」

そう云うと、聡一はふっと微笑った。

「きみを見てて思った。たとえむくわれなくても、誰かを本気で好きになるのって素敵なことだなって。ふだんは冷静なきみが派手に取り乱したり、子供みたいに食ってかかったりなんて、すごく羨ましいよ」

羨ましい？　それは自分の方だとエディは思った。ロニーと対等に付き合えることも、厭味にならない自信家ぶりも何もかもが羨ましい。ただ、聡一になりたいとは思わない。彼の立場が羨ましいのだ。もちろんそんなことは悔しいので彼には云わなかった。

「やっぱり情熱を失ったらつまらないよね。恋愛にも何事にも」

「……」

「とりあえず、来週の火曜は俺とランチの予約入れておいてよね」

聡一は晴れやかにそう云うと、帰って行った。

エディは妙な気分だった。

ずっと隠していたことを誰かに知られたことで、ほんの少し気持ちが楽になった。知られたからといって、べつにどうということもないのだ。

聡一のおかげで週明けにロニーの顔を見てもパニックにならずにすんだ。

ロニーもまるで何もなかったかのように会議室でのことは話題にしなかった。それはまったく相手にされなかったということなのだが、最初から何の期待もしていなかったエディにはさほどショックではなかった。

それよりも、今までのようにロニーに自分の気持ちがバレることを恐れる必要がなくなったことの方がずっとありがたかった。

少しだけ吹っ切れたエディは、聡一のアドバイスに従ってロニー以外の弁護士の手伝いを増やしていくようになったし、ロニーもそのことについては何も云わなかった。彼自身ここでのやり方にすっかり慣れて、エディ以外の助手たちともなんとかうまくやっていけるようになっていた。

それは、ロニーが引き受けてきた訴訟がきっかけだった。それで事務所じゅうがひっくり返った。

「どうしてマフィアの弁護なんか…」

それは事務所全員の気持ちだった。

「断れなかったのか？」

古株(ふるかぶ)のトミーが心配そうに訊く。

ロニーのように勝率のきわめて高い刑事弁護士は、マフィアから目を付けられることがある。一旦(いったん)彼らの目に留まると、逃(のが)れるのは難しい。

「断らなかっただけだ」

「どうして…」

「そりゃ勝てる見込みが充分にあるからだ」

それを聞いてトミーはむっとした顔をした。

「あんたがやるのは勝手だけど、事務所にどういう影響が出るか考えたのか？」

「おいおい、法律は誰に対しても平等であるって知らないのか？」

「マフィアはべつでしょう」

唯一の女性弁護士のケイトも主張する。

「マフィアはべつ、犯罪者はべつ？　他にも何か？」

「そこまで云ってないわよ！」

「線引きはどこでするんだ？」

「わかってるくせに」

ロニーは大きな溜め息をついた。

「これに勝訴したらこの事務所にいくら入るか知ってるのか？」

「…負けたら、あんたが殺されるぜ」

聡一が冷たく突っ込んだ。

「聡一、あんたも反対なのか？」

「ま、どのくらい勝訴が明らかかにもよるな。信念のために命をかけることはないだろ」

「信念ですって？」

ケイトが眉を吊り上げる。ロニーは思わず肩を竦めた。

「もちろん信念じゃないよ。今更正義漢ぶるつもりもない。たんに依頼料が破格で勝訴の可能性がきわめて高いから引き受けたまでだ。企業のために法解釈捻じ曲げるときだってあるのに、マフィアのために正しい裁判をしようとしたら目くじら立てるんだな」

「よくまあそんなことが！　アーニー貴方何か云ってやってよ！」

「アーニーは反対しなかったよ」

ロニーの言葉に全員が一斉にアーネストの方を向いた。

「ほんとなの？」

「アーニー、まさか、あんたが…」

アーネストは両手を広げて肩を竦めてみせた。

「…ロニーと事務所との契約では、仕事の内容には口出ししない約束になってる」

「それはそれとして、所長としての意見はどうなの？」

「本音を云えってことか？」

「そうよ」

「それは俺も聞きたいな」

ロニーが彼に向き直った。アーネストは目を細めてロニーを流し見た。

「…経営者としては、面倒な話を持ち込みやがってってとこかな。皆が反対するのは目に見えてるからな」

優雅(ゆうが)に溜め息をつく。

「いち法律家としては、この事件の真相と依頼人のことは分けて考えるべきだろう。ファイルを見れば、検察のミスだと思わざるを得ない。彼らは先走りすぎた。それを追及することは次の自分たちの依頼人の利益になるとも云える」

弁護士たちが黙り込んだ。

「幸(さいわ)いうちの事務所は義父の努力のお陰でこの界隈(かいわい)では信頼され尊敬されている。野心家ロニーのス

タンドプレーくらいで揺らぐような事務所じゃない」

「けど、そうまでしてやらなきゃならないのか？」

聡一が再び口を開いた。アーネストは今度は聡一に目を向けた。

「聡一、俺はこの事務所で誰がどんな訴訟を手がけようとバックアップしたいと思ってる。例えば絶対に負ける裁判でも、どうしてもやりたいなら止めない。もちろん経済的に大打撃になるような場合は経営者としての判断を下すこともあるけどね。ただ、できる限りは支援したいんだ。今回のことは俺に云わせればバカげたことだけど、ロニーには必要なことなんだろう。彼のキャリアに必要だと彼が判断したんだから、この先どう自分に関わってこようがそれはロニー自身が引き受けるだろう。だったら何も云うことはないよ」

「…ありがとう」

ロニーは落ち着いた笑みを見せて、アーネストに握手を求めた。


アーネストの考えは伝わったが、それでも弁護士たちの中で納得したのは聡一だけだった。

彼らはスタッフミーティングが終わっても、まだ揉めていた。

そしてロニーの部屋でも、エディとロニーが派手に揉めていた。

「僕は遠慮するよ。きみにとってどんな正当な理由があろうとも、マフィアの弁護をする弁護士の手伝いなんて、絶対にやらない」

「おい、勝手なこと云うなよ」

「勝手なのはあんたの方だろ。それでどれだけ事務所に迷惑がかかるか考えたのか？」

「そんなことおまえに云われる筋合いはない。それにアーニーは了承してる」

「喜んで承知してるわけじゃないだろ。今度ばかりは呆れたよ。俺はついていけない」

そう云って部屋を出ようとするエディの背中にロニーの声が届いた。

「逃げるのか？」

エディは立ち止まった。

「逃げる？」

「嫌な仕事はやらなくてもいいとは、けっこうなご身分になったもんだな。俺が公選弁護人事務所に居たときは、仕事なんか選べなかったよ。死刑囚の弁護をやったこともある。無力な老人を襲って殺した犯人を、警察の捜査ミスが明らかになって不当逮捕だからと釈放させたこともある。ストレスのかからない仕事しかしたことない奴に俺の仕事にケチつけられたくない」

ロニーの言葉に、エディには何も云い返せなかった。

「…わかったら、しっかり証拠固めできるように働いてくれ」

エディは今までにないショックを受けた。ロニーが付き合う相手に社会的地位の高い人間しか選ばないことの本当の理由がわかったからだ。自分の仕事の責任を自分で取る人間しか対等に扱わないのだ。

もちろん彼にはそれ以外の計算も当然あった。例えば社会的地位が高い女性は、別れを切り出したときにゴネることが少ない。そういう行為を愚かだと思っているから、どうしても自分を投げ出してまで相手に縋ることができないのだ。そういう一面があることを利用もしてきた。

それでも、ロニーにとって責任ある仕事をしているかどうかは大事なことなのだ。それがたとえ差別的だと云われようと、その考えを変える気持ちはなさそうだ。

「…わかった」

エディはそう云う以外できなかった。

悔しかった。自分が彼の付き合うタイプの範囲から外れていることではない。自分の甘さをあっさりと指摘されたことだ。

自分でも多少はわかっているつもりだった。ロースクールももう四年目だし事務所でいろんなケースを見ている。しかし、実際に自分の責任に於いて担当したわけではない。だからわかった気になっていただけなのかもしれない。

重い気分だった。ロニーとの距離がまた広がったような気になった。

マフィアの、それもファミリーの大ボスを弁護することに抵抗はずっとあるが、それでもエディは仕事は仕事と割り切ってその裁判のための資料を読み込んだ。

ロニーやアーネストが云うとおり、検察の勇み足だと思った。こんなことを認めてしまえば今後も検察の横暴を許すことになりかねない。しかしそれを糾弾するのは必要なことだとしても、それでもなぜロニーがそれをしなければならないのか。

ロニーが考えていないはずはないと思うが、マフィアに気に入られでもしたら今後どうやってそれから逃れるつもりなのだろうか。今回の裁判だけならまだいい。しかし今後も彼らと手が切れなかったら、そのうちに彼らのいいように利用されないとも限らない。それを思うとエディはどうにも落ち着かなかった。

そして裁判が始まると検事局が露骨な圧力をかけてきた。彼らの事務所が抱える他の刑事事件の司法取引を、地方検事補がこぞって断ってきたのだ。

「思ったとおりよ。依頼人になんて説明すればいいの？　この事務所の信用に関わることよ」

ケイトはミーティングで声を荒らげた。

「ちょっと待てよ。これはロニーのせいじゃない。検事局のやり方が間違ってるんだ」

聡一は悔しそうに返す。しかし彼の依頼人も同じ目に遭っている。

「そうは云っても、実際私の依頼人は取引を断られたのよ。こんなよくあるケースで取引ができないなんて、もう誰も依頼してこなくなるわ」

さすがにロニーも溜め息をついた。

「…地方検事にかけ合ってみるしかないな」

「それは俺が引き受けよう。きみらは引き続き裁判に専念したらいい」

「アーニー…」

「うちの事務所が舐められて黙ってられるか。軽く脅してくる」

綺麗な顔にちょっと怖い笑みが浮かぶ。

「ロニー、エディを借りるぞ」

ロニーはその迫力に押されるように黙って頷いた。


検事局の廊下をアーネストと並んで歩くのはエディにとっては初めてのことだった。

アーネストはファームで見せる顔とは少し違う、近寄り難い雰囲気を前面に押し出していた。

「アポの相手は首席検事補？」

「ああ。この件を仕切ってるのは地方検事じゃないからな」

「…うまくいくかな」

「まあ見とけ」

にやりと笑ってエディを見る。エディはその不敵な笑みにどぎまぎした。

部屋に通されると、すぐに首席検事補が現れた。

「やあアーニー、久しぶり。元気そうだね」

エディは少し驚いてアーネストを見る。首席検事補がファーストネームで呼ぶほど親しかったとは
まったく聞いていない。しかしアーネストは眉ひとつ動かさずに、首席検事補のジョージ・エヴァン

スの握手に応じた。

「俺が来た理由は電話で話したとおりだ」

足を組んでソファに座ると、彼を流し見る。エヴァンスは笑みを浮かべたまま、軽く肩を竦めてみせた。さすがに首席検事補だけあって、一筋縄(ひとすじなわ)ではいかなそうだ。

「アーニー、司法取引のことは地方検事の裁量に任せてあるから…」

「ふざけんな。あんたが指示してることはわかってる」

アーネストは微笑を浮かべたまま云った。

「そんなこと云われても…」

「きみはとっくにわかってると思うが、この裁判で奴らを有罪にはできないぞ」

「それはきみの意見だ」

「そうか？　それほど自信があるならうちの事務所を脅さなくてもいいはずだ」

「脅す？　穏やかじゃないなあ」

「ジョージ、ゴタクはいい。フェアにいこうじゃないか」

「もちろんそのつもりだよ」

アーネストはエヴァンスから視線を外すと、隣に居るエディに黙って頷いてみせた。

エディはブリーフケースから書類を取り出して、エヴァンスに差し出した。

「なんだ？」

「きみの部下が突っぱねたこのケース、通常なら司法取引で十分片付くはずだ。そっちの立場もわかるから今回のところはこれ以上追究しないが、問題が大きくならないうちに再検討してくれ」

鋭い視線でエヴァンスを見る。

その視線を感じて、エヴァンスは苦笑してみせた。

「…ロニー・ヘンダーソンにはこの件からは手を引くように忠告しておいたんだがな」

「ロニーがやらなくても誰かがやるだろう。金ならいくらでも持ってる奴らだ」

「それはそうだが、よりによってきみの事務所だとは本当に残念だよ。きみのお義父上が生きていたらさぞかし嘆いたことだろうよ」

その皮肉をアーネストは一笑に付した。

「きみも法律家なら法の精神は理解してると思ったが。マフィアに有利に働く法律を許さないのと同様に、マフィアにだけ不利に働く法律も認められない。それを認めれば、法律家である我々が自ら法の平等を放棄したことになる。この際感情論は抜きにしないと」

一瞬エヴァンスから笑みが消えた。が、次の瞬間にはまた穏やかな笑みが浮かぶ。

「…青臭いことを云うんだな。いや、それも素敵だよ」

挑発を含んだ言葉だが、アーネストも余裕たっぷりの微笑を返した。

「ジョージ、きみの立場が複雑なのはわかっている。気が進まなくても、地方検事に協力してやらなきゃならないこともあるだろう。彼は再選のためには何でも利用したいようだな。それは好きにすればいい。けど市長になりたいのならもっとスマートなやり方を選べ」

そう云ってうっすらと微笑む。

エヴァンスはアーネストの手強さを知っていた。経験上、彼が微笑んでいるうちに云う通りにした方がいい。彼のコネクションを甘く見ると大変なことになる。

「…伝えておくよ」

アーネストは黙って頷くと、すっと立ち上がった。

「邪魔したな」

「いや、会えて嬉しかったよ。またいつでも寄ってくれ」

アーネストは悠然と微笑んで、部屋を出た。

「アーニー、すごいや」

エディが尊敬の眼差しをアーネストに向ける。そんなエディにいつもの顔に戻ったアーネストが軽くウインクを返す。

「まあこのくらいはな」

「あの首席検事補があんな顔するの初めて見るよ」

エディはいつも余裕綽々で記者の質問に答えるジョージ・エヴァンスの顔を思い浮かべていた。

「中間管理職の辛いとこだな。けど奴を甘く見るなよ。今回の件は裁判とは直接関係ないからあっさりとこっちの要求を呑んだだけのことだ。裁判になったらこうはいかない。ロニーには用心してかかるように云った方がいいな」

アーネストの言葉に、エディは背筋を伸ばして深く頷いた。


裁判はロニーたちの優位でずっと進んでいた。

ところが、証人尋問のときにとんでもないことが起こった。

証人リストになかった被告の姪のマチルダの爆弾発言に法廷はざわめき、ロニーは何とかその場は収めたものの、その後直ちに休廷を要求した。

「…あれはどういうことだ？」

ロニーは被告のアマートを鋭い目で見た。

「それはこっちの台詞だ。だいたいマチルダが証言するとは聞いてなかったぞ」

「証人リストになくても判事が認めれば証言できる」

「それを阻止するのがおまえの役目じゃないか」

「あの場合は無理だ。決めるのは判事だからな。それよりも事実はどうなんだ？」

今度はアマートがロニーを睨み返した。

「おまえは儂を信じないのか？」

ロニーは呆れたように両手を広げた。

「何の冗談だ。俺はあんたを信じたことなんぞ一度もないぞ」

平然と云い放つロニーを、エディは心配そうに盗み見る。何といっても相手が相手だ。下手に怒らせない方がいいに決まってる。

「ヘンダーソン、舐めた口叩くんじゃねえ」

案の定、アマートの部下が牙を剝く。しかしロニーは顔色ひとつ変えない。

「俺はあんたを信用したから弁護を引き受けたわけじゃない。資料を見て勝訴できそうだから決めただけだ。ところが、今日のマチルダの証言でそれが全部狂う」

そう云っててちらりとエディを見る。これはいつもの合図だ。エディは注意深くクライアントの様子を窺う。反対側に居る聡一もそれに気づいているようだった。

「…マチルダはあんたが電話したと云ったな」

「儂は電話なぞしとらん」

「それじゃあ彼女はなぜあんな証言を…」

「それを調べるのがおまえらの仕事だろ！」

またアマートの部下が怒鳴る。ロニーはそれを無視して続けた。

「彼女が誰かに脅されてると思うか？　それとも誰かを庇っているのか？」

「…恐らくそのどちらかだろうな。ただ儂も聞いたばかりなんで、マチルダがなぜあんなことを云ったのかよくわからん」

ロニーは油断ならない目でアマートを見る。

「マチルダに関してあんたの知ってることを話してくれ」


「どう思った？」

アマートたちが部屋を出て行くと、ロニーはエディと聡一の顔を見た。

「アマートはこのことを知ってたと思うか？」

聡一は腕を組み直して、口を開いた。

「知らなかったんじゃないかな。法廷でもかなり驚いてたから。あれが演技なら大したもんだが」

「…僕も同意見」

二人の意見を聞いてロニーは頷いた。

「それならシナリオは今まで通りだ。あとはマチルダの証言を崩す材料を探すことだ」

「検察に邪魔されそうだな」

聡一がそう云って苦笑する。

「あの証言は陪審には有効に働いている。ロニーの異議は認められたけど、陪審はもう聞いてしまった。陪審はアマートに不審を抱いている」

「…とにかくマチルダを調べてみる。あと証拠の洗い直しもしてみるよ。何か見落としていることがあるかもしれない」

エディの提案に二人とも頷いた。

「けど、おまえ今日はロースクールがあるんだろ?」

ロニーが珍しく気づかってみせたが、エディはそれに気づかないほど切羽詰まった様子だった。

「一日くらい休んでも問題ないよ」

云うなり部屋を出た。

エディの背中を見送るロニーに聡一は呆れたように声をかけた。

「エディはきみのこと心配してるんだよ。最初から反対はしてたけど、それもきみが万一失敗したら依頼人がどう出るかとか、成功してもきみが彼らに見込まれてこのあとスカウトされることになったら、それを断るのは大変だって知ってるからだぜ」

しかしロニーはそれには何も答えなかった。

「もうちょっと優しくしてやれよ」

「優しく? 俺がか?」

「エディはあんたが好きなんだ。わかってるんだろ?」

「…エディは俺が付き合う相手を選んでるのを知ってる」

ロニーは少し眉を寄せたが、僅かに苦笑してみせた。

「それって、エディはその条件から外れてるってことか?」

「まあ、そんなとこだ」

聡一は形のいい眉を寄せた。

「…嫌な奴」

「今更何を。だいたい今はそんなことを呑気に話してる場合じゃない。おまえこそ何か強力な証拠でも見つけてくれたのか？」

「探してはいるけど、今のところ見通し暗いな。これから警察で話を聞いてくるつもり。ちょっと知った奴がいるんでね」

「期待したいとこだな」

「そうだな。あんまりもたつくようだと、アマートたちから横槍が入りそうだ」

聡一の言葉にロニーはひょいと肩を竦めてみせた。

「そんなものはとっくに入ってるぞ。犯人を誰かにおっ被せて、そのための証人は既に用意してあるだの好き勝手云ってきたな。そういうのは放っておけばいい」

「…やばくないのか？」

「そういうことをしたいのなら俺は手を引くと最初に云ってある。やくざに懐柔されるようなタマじゃないってことをわからせておかないとな」

聡一はそれを聞いて少し安心した。エディにもそのことを話しておいた方がいいとは思ったが、よけいなことだと思い留まった。

公判が近づいていると云うのに特に進展もないまま、諦めてこの日は帰ろうとロニーはノートパソコンのスイッチを切った。

うす暗いフロアに出ると資料室から灯りが洩れている。もしかしてと覗いてみると、エディがファイルに埋もれていた。

ロニーが覗いているのにも気づかず、エディは作業に集中していた。

ロニーはそのまま帰ろうかとも考えたが、思い直して開いている壁の内側をノックした。

「あ、ロニー…」

「俺より遅くまで残ってる奴が居たとは思わなかったよ」

「…もうこんな時間だったんだ」

時計を確認してちょっと溜め息をついた。

「帰るか?」

「いや、もうちょっと切りのいいとこまでやってからにするよ…」

エディはそう云って、またファイルに戻った。

ロニーは苦笑すると、それ以上声をかけるのをやめて事務所を出た。

その三十分後に戻って来たロニーの手には、テイクアウトの中華惣菜(そうざい)があった。

「ひと息入れろよ」

そう云うと、ネクタイを緩めてエディの隣に座った。

「この店のはお薦めだぞ。遠慮すんな」

遠慮も何も、エディは今まで一度もロニーと一緒に食事をとったことなどないのだ。それでも黙って受け取った。

「それで、どんな感じだ?」

自分も買ってきたジャスミンティを飲みながら、経過を聞く。

「…ちょっと気になることがあったんで調べてみてるんだけど、無駄足になるかもしれない。まだ何も出てこないよ」

「そうか…」

「とにかく、気になる点は全部洗ってみるつもりだ」

慣れない様子で箸を使うと、ヤキソバを頬張った。

「美味しい…」

「だろ? 評判の店だ。テイクアウトならここが一番」

エディの手がふと止まった。

「どうした?」

「……」

エディには何か引っかかったのだ。

「評判の店…。何かそんなことをマチルダが云ってなかったっけ？　ほらアマートが評判の店に行ったとか何とか…」

ロニーはいきなり立ち上がった。エディのヒントで一気に彼の頭脳コンピューターが回転を始めたのだ。

「彼女は知ってたんだ。アマートがその日どこに居たのか」

「え、まさか…」

しかしエディもロニーの推理に間違いないだろうと思った。

「彼女だったんだ。彼女自身が犯人だったんだ。検察もまったくマークしてなかったな」

「だって彼女には動機がない」

「アマートにはありすぎるほどあるしな」

動機は不明だが、自分たちは彼女の証言がアマートを陥れるためのものだったことを証明すればそれでいい。

「とりあえず、ちゃんと裏を取ってくるよ」

「ああ、けどくれぐれも勘付かれないよう気をつけてくれよ」

「それは大丈夫」

「よし。じゃあ俺は改めて戦略を立て直してくる」

ロニーは食べかけの中華を置いたまま自分の部屋に行きかけて、もう一度戻ってきた。

「なに？」

「ありがとう。命拾いしたよ」

ロニーがちょっと笑う。

それを見てエディの頬が上気する。

そのときに何を思ったのか、ロニーがにやっと笑ってエディの唇にキスをした。

「お礼だよ。中華だけじゃ足りないと思って」

ウインクして部屋を出る。

エディは箸を持ったまま固まっていた。


裁判が無事に終わるまでにふたりの距離は近づいたが、エディには逆に近づいた分現実が見えてきてこれ以上は彼の元で仕事はできないことを悟った。

彼にもプライドはある。

自分の仕事を卑下（ひげ）したことはない。直接クライアントに関わることも、そのため強い責任を感じながら仕事をすることもないが、それでも自分の仕事が誰かの役に立っていると感じることはあるし、それで満足もしていた。

それでも、自分の中でもっと深く法律と関わりたいという思いがあるからこそ、ロースクールに通

っているのだ。しかし、弁護士になるということはもっと重いことだと気づかされたのだ。そんな自分の甘さをロニーに見られていると思うと、いたたまれなかった。

完全に空回り(からまわ)りなのだ。ロニーが自分を仕事仲間として信頼してくれているのがわかればわかるほど、それでも決して付き合う相手としては見てもらえないことが辛かった。

そう思うことが自分が僅(わず)かでも何かを期待していたことだと自覚させられて、自分が嫌になった。

ロニーがいない状態できちんと法律と向き合いたい。

それには彼の助手でいることは、そのときのエディにとっては無理だったのだ。

結局、事務所がロニーの勝訴を祝ってシャンパンを抜いた日の翌日、エディは司法試験(バー・イグザム)に集中することを理由に休職した。

しかし、その後エディが彼らの事務所に戻ってくることはなかった。

＊＊＊＊＊＊

エディを引き抜くためにと、アーネストから押し付けられたLAまでのビジネスクラスのチケットを眺めながら、ロニーは暫く考えていた。

彼は自分の感情を全面的にコントロールできる自信があった。恋愛にしろ仕事にしろ、感情に流されるということは愚かだと思っていたし、感情をコントロールできない人間に責任ある仕事はできないとも思っていた。

恋人を衝動で選ぶのはただのロマンチストだ。恋なんて半分は自己暗示だ。自分にとって都合(つごう)の悪い相手は、特に好きではないと自己暗示をかければ恋に落ちることはない。恋とはそういうものじゃないと思っている人間は、ただのロマンチストだろう。

確かに一度でも好きだと思い込んでしまうとあとになってそれを覆(くつがえ)すのはなかなか大変だが、出会いの段階で自己暗示をかけるのは実に簡単だ。

人は意識、無意識にかかわらず、自分が恋に落ちたいと思っている人間としか恋に落ちないのだ。ダメな男に惹かれる女も、無意識にそういう恋愛を求めているに過ぎない。不倫にしても同じことだ。やめようと思えばたいていの場合やめられる。実際はやめようとする気持ちに陶酔(とうすい)して勝手にのめり込んでいる場合が殆(ほとん)どなのだ。

それを意識的にコントロールすれば、都合の悪い相手を好きにはならない。ロニーはそう思っていたし、実際にそうやってコントロールしてきた。

エディはたぶん、最初に自己暗示をかけるときに失敗したのだろう。理想の相手だと思い込んでしまったものだから、あとで相手が悪かったと思ったときには、もう遅かったのだろう。それとも無意識に違う意味での自己暗示をかけてしまったのかもしれない。彼は確かにあまりそういうことに慣れていなかった。

ロニーはちょっと溜め息をついて、チケットを取り上げた。

公選弁護人事務所に問い合わせてみると、その日エディは公判の予定だった。

抱えてきた仕事の続きでもしながらエディが戻ってくるのをカフェで待とうかとも思ったが、気が変わって裁判所に行ってみることにした。

エディは証人尋問の真っ最中だった。

ロニーは一瞬自分の目を疑った。彼はまるで別人だった。自信に溢れ、冷静で、そして鋭かった。凜とした声で自分のクライアントの無実を証明していく。陪審員への視線の配り方も、判事に対する誠実そうな態度も完璧だ。

検察側の証人を次々と役立たずにしていく。地方検事補の苛立ちが見えるようだった。

エディのクライアントは、轢き逃げの容疑をかけられているアフリカ系アメリカ人で前科はない。貧しい境遇でも精一杯生きている彼のために、エディは何としてでも無罪を勝ち取るつもりだった。

その熱意がロニーにも伝わってくる。

ロニーは思わず苦笑した。エディがこういう弁護士になると自分には既に想像できていたのだ。自分の助手として働いていたときから、勘が鋭く勉強熱心だった。ただ自分に対する自信が希薄なのが彼をつまらなく見せていた。

弁護士としてそれなりの経験を踏んで自信をつけたら、なかなか魅力的な存在になるだろうなと思ったことはあったが、これほどまでに想像通りだと思わず笑みが零れる。

公判が終わると、エディは依頼人にふた言三言声をかけて元気づけていた。そして、ようやっとその視界にロニーが入った。

「え…」

短い声を上げてエディは呆然と立ち尽くした。

「しばらく」

「…しばらく」

「元気そうだな?」

「…どうしてここに…。あ、もしかしてLAで仕事?」

ロニーはちょっと笑って時計を見た。

「ちょうどいい時間だ。一緒にランチでもどうだ?」

「え、ランチって…」

「ちょっと相談したいことがあるんだ。だから奢(おご)るぜ」

経費は当然事務所持ちだ。

困惑顔のエディは、さっき公判中に見せていた自信に溢れた表情はどこかに消えてしまって、ロニーがよく知る顔になっている。それを見てロニーはエディにまだ付け入る隙はあると踏んだ。

「いいだろ？」

「…申し訳ないけど今日はランチに付き合える時間はないんだ。これからべつの事件のことで目撃者の話を聞きに行く予定だし」

「けど、メシは食うだろ？」

「そりゃ…」

「それじゃあスタンドでサンドイッチを買って帰って、きみの事務所で食べながら聞いてもらう。そういうんならいいだろ？」

「僕の部屋は二人部屋だから…」

「それなら向かいの公園だ。公園のベンチ。季節もいいし問題ないだろ？」

強引に云われてエディも強くは断れない。

仕方なくふたりで法廷を後にした。

「資格取ったら、当然うちの事務所で働くんだとばかり思ってたよ」

「……」

「おまえなら事務所に対する恩返しとか一番に考えそうなのにな」

エディはそれには答えなかった。

アーネストの説得を振り切るのがどれほど辛かったとか、そのことにロニーが関係してるとかそんな話をするつもりはまったくなかった。

「けど、公選弁護人ってのも考えればおまえらしいかな」

「そう？」

「おまえのことだから、アーニーに遠慮して他のファームで働くとか考えもしないんだろうな。だからといって、検事局ってのもちょっと違う」

「あんただって、公選弁護人事務所に居たじゃないか」

エディの言葉にロニーは苦笑を洩らす。

「俺の場合は一度名門ファームに就職したんだがな。半年で辞めたよ」

その話は初めて聞いた。ロニーはシカゴ大のロースクールで法律雑誌の編集員をやっていたくらいのエリートだから、ファームの方からスカウトされるような身分だったはずだ。

「…喧嘩したの？」

エディの質問に苦笑を返す。

「まあな。ああいうとこは、入ったばかりのアソシエイトはファームの奴隷だ。最初の数年は滅私奉公させられる。しかも自分が裁判を担当することは先ずない。ジュニアパートナーのために、ひたすら資料を作らされる。自分よりもバカな奴のために働くのは時間の無駄だ」

名門ファームのパートナーを平然とバカと云い切るロニーに、エディはすっと目を細めた。彼はこんな自信満々のロニーが好きだった。

「それなら検事局でもよかったんじゃないの？」

「…権力に屈することは俺にとって一番の屈辱だ」

エディははっとした。

検事局の中にはいくつもの正義がある。そこにフェアという言葉はない。

権力者の罪は握り潰され、情報を持つ犯罪者の罪は軽減される。程度の差はあれ裏取引というものが厳然と存在する。地方検事補は自分のやり方を通すわけにはいかない。

「取引が嫌なわけじゃない。信念がどうのなんて云う気もさらさらない。ただ、自分のやり方に口出しされるのは我慢ならない」

エディはロニーらしいなと思った。

「まあ、そんなわけでヤケクソで公選弁護人事務所に入ったってわけだ。あそこならいきなり実践だからな。経験だけはたっぷり積ませてもらった。給料は安すぎるけどな」

「…うん」

「おまえはずっと公選弁護人を続けるつもりなのか？」

「そうだね。当分は…」

ロニーはじっとエディを見た。確かに面構えが以前とは違う。そう思ってにやりと笑った。

「単刀直入に云うが、俺らの事務所に戻ってくるつもりはないか？」

「え…」

「アーニーが絶対に説得してこいって」

エディはちょっと驚いたようだが、すぐに首を横に振った。

「話は嬉しいけど、さっきも云ったようにまだ当分は今のところを辞めるつもりはないよ」

「…もう三年いるんだろ？」

「まだ三年だ」

「経験は充分だ」

「まさか。まだまだこれからだよ。それに経験を積むためじゃなくて、僕はこの仕事が気に入ってるんだ」

エディはきっぱりと断った。

「まあすぐに結論を出すことはない。俺もいろいろ職場は移ったから実感してることだが、うちの事務所は特別だ。あれだけいい環境はそうは望めない」

それはエディにもよくわかっていた。敬愛するアーネストが所長だというだけで、エディにとっては特別だ。しかし、ロニーが居る限り自分はまだそこには戻れない。同じことを繰り返すほど自分はバカじゃない。

「…いい環境で働くことだけが人を成長させるとは限らないいんじゃないかな。僕のようなタイプは少しくらい困難な状況の方が自分のためになるような気がする」

その答えは、充分にロニーの気を惹いた。自分を客観的に見ることができて、他人の意見に左右されない人間は信用できる。

「最小限の設備で最大限の結果を引き出すってチャレンジだな。確かにそれは魅力的だ。けどさすがに負けることも多い。元々どうしようもないケースばかり扱うわけだからな。そうなるとストレスも増える」

「僕はまだ大丈夫だよ」

そう返してみたが、実際のところエディのプライヴェートはサンフランシスコに居るとき以上に悲惨なものだった。最近よく胃薬を飲むようになっている。

「だろうな。法廷では水を得た魚のようだった」

にやりと笑う。その笑顔に、エディはくらりとなりそうになって自分を叱咤する。

「僕もう仕事だからそろそろ行かないと。悪いけど…」

引き止められるかと思ったが、ロニーはあっさりと引いた。

「そうか。じゃあまた連絡するよ」

なんとなく肩透かしを喰ったような気分になって、そんな自分に戸惑う。

もう三年もたっているのに。ふだんはロニーのことなんか忙しくて滅多に思い出しもしないのに。

それでも会うとこんなにも気持ちが揺らぐ。きっと、ＬＡに来てからの涸れ過ぎた私生活のせいだ。毎日犯罪者と顔を合わせているばかりで、出会いなんてあるわけがない。しかも彼はゲイであることを公表すらしていないのだ。何度かその手のクラブにも出かけてはみたが、今はもうその気力すらなくなって仕事だけの日々を送っていたのだ。

目撃者の話を聞いて、べつの事件のために警察に出向いて、エディが事務所に戻ってきたときには同室の弁護士は退社した後だった。

そういえば今日は金曜だったと苦笑いをして、デスクに鞄を置くと電話が鳴った。

調査員からかと慌てて受話器を取ると、相手はロニーだった。

「…もう帰ったんじゃなかったのか？」

『今、このビルの一階からかけてる』

「どうして…」

声には表れなかったが、エディは自分が喜んでいることを認めないわけにはいかなかった。

『目撃者の話は聞けたか？』

「ああ、まあ」

『それじゃあこれからメシ行かないか。奢るぞ』

「え…」

『付き合えよ。俺せっかくの週末だから一泊するつもりで来たんだ。事務所の金で骨休めなんて滅多にできないしな』

そう云って明るく笑う。

『ひとりでディナーってのもつまらんし、おまえもアーニーたちの様子を聞きたいだろ？』

「けど…」

『あー、しつこく勧誘はしないから安心しろ』

エディはまだ迷ってはいたが、それでも自分が断らないだろうこともわかっていた。

彼は充分に渇き切っていた。そこにグラス一杯分の水を差し出されて、飲まないでいられる人など居るわけがない。

『それじゃあ、今からおまえのとこの事務所に誘いに行くぞ』

否定の返事がないのを了承の意味に受け取って、ロニーは電話を切った。

ロニーが予約しておいたのは、路地を入った先にある少し古びたイタリアンの店だった。

「よくこんな店知ってたね？」

「おまえと入れ違いで入ってきた、ニックって食い意地の張ったアソシエイトがＬＡ出身でさ。やたらうまい店に詳しいんだ。奴はイタリア系なんだが、ＬＡで一番うまいイタリアンレストランはどこかって聞いたらここを教えてくれた」

「このあたりってたまに通るけど、こんなとこに店があるなんて全然知らなかったよ」

「ニックの弁護士としての能力は正直全然信用してないが、あいつの舌はそれと比べたらよほど信用できる」

二人が席に着くと愛想のいいウェイターが飛んできて、今日のお薦めを教えてくれる。

ニックの情報では、そのお薦めに従っておけば間違いないとのことだったので、全面的に任せることにして、ハウスワインで乾杯した。

「それで、事務所の皆は元気？」

「ああ。アーニーは相変わらずで、美貌も健在。ケイトがメキシコに引っ越すとかで辞めちゃってから女性が居着かなくて、今や弁護士は男ばかりの事務所になっちゃってる」

「へえ…」

給仕が運んできたアンティパストの皿に、ロニーは目を輝かせた。

恐らくナポリから空輸させたであろう新鮮なモッツァレラ・ディ・ヴァッカを真っ赤に熟れたトマトの上にのせて、エキストラ・バージンのオリーブオイルとバジルをちょいと振りかけたカプレーゼは、それはもう絶品だった。

「これは、確かにすごい」

「僕、こんな美味しいモッツァレラ初めて食べた」

給仕が自信満々に、このモッツァレラはイタリア本国でも滅多に食べられないと云っただけのことはある。これ以上のものが食べたかったらナポリの工場まで食べに行くしかないだろう、そう云って彼はにやりとウインクしてみせたのだ。

「さすがニック、ほんと舌だけは絶対だな」

ロニーは満足して、次の皿を待った。

どれもこれも期待を上回る美味しさだった。

二人は料理に夢中になってしまって、どうでもいいような世間話程度しかしなかった。しかしエディにとってはそれが心地よく、本当に久しぶりに充実した時間を過ごした。

やっぱり自分はまだ彼が好きなんだなあと思うと、何か不思議な気持ちになる。

「…それでさ、聡一はさっき話したアソシエイトのニックをまんまとたらし込んで、今はラブラブで目ざわりなくらいだ」

「ふうん？」

ロニーは正面からじっとエディを凝視(みつ)めた。

心の準備をしていなかったエディのポーカーフェイスが崩れて、彼は慌ててロニーから目を逸らした。それを見てロニーはうっすらと唇を綻ばせた。

「ついでに云うと、俺はとりあえずフリーだ」

エディはデザート用のスプーンをジェラートの器(うつわ)の中に落としてしまった。

カシャンという派手な音がして、慌てて拾い上げる。

「おまえもだろ？」

覗き込むように見られて、エディは頬が上気してくるのを感じた。

もう完全に彼の負けだ。

「おまえワインで酔うのな」

「よ、酔ってなんか…」

「目がちょっととろけてる。さっきからその目で俺を見るから、何か挑発されてる気分」

「そ、それは気のせいだよ」

「なあ、戻ってこいよ」

にやにや笑って軽くウインクする。完全にロニーのペースだった。

「その話は既に断ったはずだ」

エディはなんとか体勢を立て直そうと試みたが、ロニーは更に押さえ込んでくる。

「ふふふ。そうやっておまえが拒むから、俄然やる気が出てきた」

「何の…」

「おまえをうちの事務所に連れ戻して、ついでに俺のボーイフレンドにもする」

宣言して、すっと手を伸ばすとエディの頬に指を触れさせた。

「な、何を勝手な」

慌ててその手を振り払う。このままペースにのせられてどうする。そう自分に云い聞かせて、自らのペースを懸命(けんめい)に取り戻そうとする。

「俺さ、自分の思い通りにならない奴が相手だと燃えるんだ」

「…勝手に燃えてろ」

どうにか云い返すことに成功した。

「冗談で云ってるんじゃないぞ。俺は絶対に欲しいものは手に入れる。どんな手を使っても。それが俺の主義だ。知ってるだろ？」

「…いつも成功するわけじゃない。僕はサンフランシスコには戻らないよ」

ロニーは涼しい顔で、エスプレッソを飲んだ。

「おまえがこんなことくらいでホイホイついてくるほど、尻の軽い奴とは思ってない。今日はもちろんひとりでホテルに泊まるよ」

「……」

エディは黙ってロニーを睨む。ロニーは楽しそうに笑っている。

「とりあえず今日はここで退くけど、また電話するから」

余裕かましまくりのロニーに何だかいいように遊ばれている気がしてきて、エディはだんだん腹が立ってきた。

「だいたい、なんだよ急に。サンフランシスコに居たときには鼻にひっかけもしなかったくせに、僕が弁護士だったらこんなに扱いが変わるわけ？」

「それだけじゃないぞ。法廷で見たおまえは自信に溢れていた。それは助手をやってたときのおまえにはなかったものだ。変わったのはそっちも同じだろ」

「……」

「いや、来てよかったよ。何かおもしろくなってきたと思わないか？」

「思うもんか」

「今のうちだけだよ、そんな強がり云ってられるのは」

そっと耳打ちされて、心臓が飛び出そうになった。

確かに捕まったら逃げられない。触れられるだけでもやばい気がするほどだ。そして腹の立つことに、ロニーはそんな自分に気づいているのだ。

それでもとにかく、サンフランシスコに戻りさえしなければ大丈夫だ。離れていればまたいつもの生活に戻るだけのことだ。しかしそんなエディの気持ちを見越したようにロニーが云った。

「俺、長距離恋愛っての初めて。ちょっとわくわくするな」

「勝手にわくわくしてれば？」

エディは必死の抵抗をするしかなかった。

「何なんだよ、あれは」

自分のアパートに戻ったエディは呆れたように呟いたが、内心穏やかではなかった。

ロニーに口説かれることで、あれほどの幸福感を感じてしまう自分に呆れたのだ。

あのまま強引にキスをされてタクシーに乗せられたら、そのまま簡単にお持ち帰りされてしまうことになっていたところだ。

ロニーだってそのことはわかっていただろうに、敢えてそこまでしなかった。

それがロニーのやり方なのだろうか。

そしてその先はどういう駆け引きを考えているのか、知りたいような知りたくないような、複雑な気分だ。

本音はもちろん知りたい。ロニーとのセックスを体験したくないはずがない。しかし、そうなってしまった先のことを考えなければならない。

今自分がここで積み上げたキャリアをもっと大事にすべきだ。何よりも、自分はこの仕事を続けたいという情熱をまだ持っているのだ。

確かに公選弁護人の仕事は、最初の一年は想像以上にきつかった。同僚には依頼人に同調しすぎて私生活にまで影響が出る人間も少なくなかった。

自分の犯した犯行をまったく反省することのない依頼人の刑を軽くしてもらうために奔走するのは、人生の無駄遣いだと思うことはしょっちゅうだ。

せっかく苦労して執行猶予を付けてもらったというのに、外に出るなりファーストフード店のハンバーガーができあがるよりも早く次の犯行に及んでいる。

そうかと思えば、無知と不運が重なって被害者を殺してしまうことになってしまった依頼人を、法の壁に阻まれて救えなかったこともある。

ぎりぎりの人件費で運営している公選弁護人事務所では、どうしても充分な調査ができないこともある。

その中で自分は精一杯やってきたつもりだ。

ストレスは相当なものだし寝られないこともある。それでもこの仕事が好きだった。ロニーが何を云ってきても辞めるつもりはなかった。

驚いたことに、サンフランシスコに戻ってから、ロニーは毎日のようにエディに電話してきた。教えた覚えのない携帯の番号をなぜか知っていて、仕事が終わったころのいいタイミングでかかってくるのだ。

話の内容は殆どがロニーの事務所の他愛ない話で、エディは懐かしさでつい切るタイミングを逃してしまう。

もちろん電話だけではなく、週末ごとにLAまでやってきてはロニーはエディを誘った。そしてたいていは最初の日に出かけたニックお薦めの例のイタリアンの店に行く。

他にも気分によっては店を変える。

エディは食事には付き合ったが、断固としてその後の誘いは断った。それでもロニーは強引に誘うことはせずに、この長距離恋愛を楽しんでいるようだった。

その日も仕事があるからと断ろうとするエディを、強引にドライヴに連れ出した。

「どうしたの？　その車」

自分のがたがたのセダンの横にピカピカのポルシェが停まっていた。ロニーが地元で乗っていたのはポルシェではなかったはずだ。

「もちろんレンタカーだ」

そう云って笑ったロニーはスーツじゃなくても私服もヴェルサーチだ。それでポルシェだとハマりすぎていて厭味なくらいだ。

「たまには気分転換も必要だ。乗れよ」

顎で車を指す。

エディはちょっと躊躇（ちゅうちょ）してみせたが、それでもとりあえず付き合うことにした。

「どう？　仕事は。うまくいってる？」

「…ああ」

「事務所のこと、考えてみた？」

「…返事は同じだよ」

ロニーは苦笑して、カーステレオをつけた。ＦＭに合わせせると悪くないプログラムだったので、少し音量を上げた。

暫く車内に会話はなく、エディも見慣れた景色をぼうっと眺めていた。

ハイウェイを下りて、車のスピードが落ちる。

「どこ行くんだ？」

「ニックに、ロケーションが抜群でちょいと気の利いた、デートにもってこいのレストランって聞いたら即座に教えてくれたとこだ」

「…僕なんか、ＬＡにきて三年なのに裁判所の周辺とアパートの近所くらいしか知らないや」

自嘲気味に云う。ロニーはサングラスごしにちらりと彼を見た。

「エディ、よほどの大事件のとき以外は休日にまで仕事をするな。余裕がない奴はこの世界じゃ長生きできないぞ」

「…確かにそうかも」

自分の情熱の殆どすべてを仕事に費やしすぎていることに対して、危機感がないわけではなかったのだ。

「向こうに戻ってくれれば、俺がうんと充実したプライヴェートを提供してやれる」

そのちょっと誘うような顔は、エディをどぎまぎさせた。ロニーの独特のフェロモンはエディには刺激が強すぎた。

「そ、それよりさっきから聞きたかったんだけど、どうして僕のアパートがわかったんだよ。もしかして探偵でも雇ったのか？」

「おや、話を逸らしたな」

「そうじゃないよ！　僕は…」

「ムキになるなよ。おまえは滅多にムキにならないから、焦ってるのがバレバレだぞ」

エディが思わず押し黙るのを見て、ロニーはおもしろそうに笑う。

「どうせ、そうやって揶揄ってるだけなんだろうよ」

「揶揄ってるわけじゃないよ。おまえって興奮すると可愛いんだよな。前からそう思ってたけど、久しぶりに見るとやっぱり可愛いな」

エディはその言葉にひっかかった。

「…前からそう思ってた？」

「そうさ。俺はおまえみたいなガキっぽいのがタイプなんだ」

「ガ、ガキっぽいって…」

エディは真っ赤になった。

「け、けどそれって、僕があんたに見合わないから手を出さなかったってことじゃないのか？　で、今は僕もやっと弁護士になってあんたに見合うとこにまできたから相手してやろうって、そういうこと？」

「まあ、否定はしないな」

しれっと返すロニーにエディの怒りが爆発した。

「停めろよ。さっさと停めろって」

エディがサイドブレーキに手をかけようとするのを見て、慌ててブレーキを踏んだ。

「ここまでバカにされてるとは思わなかったし、あんたがこれほど嫌な奴だとも思わなかった」

ロニーを睨みつけると車から降りた。

「こんなとこで降りて、どうやって帰るつもりだ？」

「あんたの知ったことかよ。とっとと行けよ！」

ロニーは苦笑すると、少し先回りして車を停めるとドライヴァーズ・シートから降りて、フロントボディに座って歩いてくるエディに声をかける。

「エディ、とりあえず乗れよ」

「うるさい、話しかけるな」

「俺が付き合う相手を意識的に選んでるのはおまえだって知ってただろう」

能天気な言葉に、エディはきつい視線でロニーを睨み付けた。

すると、ロニーはにやりと笑ってエディの腕を摑んだ。

「おまえの怒った顔ってぞくぞくくるねえ」

そう囁くと強引に引き寄せてポルシェのボディに押し付けると、素早く口付けた。かっとなって殴ろうとするが強い力で押さえつけられていて両手ともびくともしない。

ロニーの舌はエディの舌を煽り欲情を引き出していく。情熱的で官能的なキスにエディは彼の舌を噛み切ることもできずに、されるがままだった。

ロニーから解放されたときは、エディは焦点が合わないザマだった。

「…汚ねえ」

そう云うしかなかった。自分に一番腹が立ったが、ロニーに責任を向けるのは今回に限って正当だった。

「悪かったな。おまえがあんまり可愛いからついむしゃぶりつきたくなって…」

エディの手が出たが、それを予測していたようにロニーは軽く避けた。エディが舌打ちする。

「殴らせてもいいが、月曜は公判なんだ。それまで痣が残ってるとマズい」

「…オレの知ったことか」

「おまえ挑発してんのか？　怒るとぞくぞくするってさっき云ったろ？　冗談だと思ってるのか」

ロニーの声の調子が探るようにちょっと低くなった。エディはぞくりとした。

「いきなりキスしたのは謝るから、一緒にレストランに行ってくれないか。ひとりで行ったらとんだマヌケだ」

低い声で続ける。そうやって説得されるとエディにはとても抗えなかった。

「…次にやったら舌噛み切ってやる」

「わかったよ」

ロニーはそれ以上エディを挑発するのはやめて、とりあえずレストランまで辿り着くことを優先した。

実はお坊ちゃんのニックが薦めるだけはあって、レストランは申し分ない雰囲気だった。

「風が気持ちいいな。ＬＡの大気汚染もいくぶん薄まってる」

「……」

エディはかつてないほど不愉快な表情をしていたのだが、ロニーにはそれが楽しくてならない。彼自身がそう云ったように揶揄っているわけではないのだ。

ふだん冷静であまり自分の感情を表さないエディが、自分のせいで怒りを表すのを見ると、なんとなく愛しい気持ちになるのだ。

「エディ、俺は人は意識無意識にかかわらず自分の恋愛の相手を選んでると解釈してるんだ。そうやって人を好きになるんだ。衝動的に好きになることもあるが、その衝動を持続させるかどうかは本人しだいだ。これはやばいと思えば早い段階であれば確実にやめることはできると思ってる」

「…皆がそんなに理性的なら不倫も片想いも世の中からなくなってるんじゃないのか？」

エディの皮肉にロニーは首を振った。

「不倫も片想いも、本人が選択しての結果だよ。無意識にそれを求めてるわけだ。感情なんて結局その本人がどう把握してコントロールしていくかだけだよ。恋はコントロールが利かないって言いたいがるのは、そう信じていたいという気持ちからなだけだ。俺はそう思ってる」

「……」

「俺は付き合う相手はいろんな意味で対等で居たいと思ってる。仕事でもプライヴェートでも。同じ立場で意見が云えて、同じ立場で愚痴(ぐち)が云える。俺はそういうのがいい。仕事を優先させたときに、仕事と私とどっちが大事なんて云われたらそれだけでもう冷めてしまう」

エディは僅かに苦笑した。

「だから自分の選択を恥じてはいない。差別的だと云われても否定しないし、かといってそのことを謝る気もない」

この尊大な態度。

エディは溜め息をついてワインを飲んだ。

ああダメだ。自分はロニーのそういうところにどうしようもなく惹かれるのだ。

「…あんたみたいな嫌な奴、そうはいないだろうな」

エディの言葉にロニーは微笑んだ。

「まあな。おまえが俺の魅力に抵抗できないのはそこだろう」

エディは負けじと笑みを返す。

「認めるよ。僕は趣味が最低で、人でなし相手にむくわれない恋を自ら求めるようなマゾヒストだ。けど、今日から更生(こうせい)することにするよ」

「なるほど、そう出たか」

ロニーは満足そうに微笑んだ。怒っている彼を見ているのも楽しいのだが、したたかなエディというのもぜひ見ておきたい。

「おまえの最終弁論を一度聞きたかったんだ。来週は有給取って見に来るかな」

「その必要はないよ。僕はもう二度ときみには会わないから」

「まあそう急ぐな。慌てて俺から逃げようとしてるみたいだぞ」

ロニーの言葉に一瞬エディの目が動いたが、殆ど一瞬のことですぐに戻った。

「逃げるが勝ちってね。勝ち目のない相手からはとっとと逃げることにしてる」

「云うねえ。ワンランクアップってことか。これはおもしろいことになりそうだ」

「勝手に云ってれば？」

エディは法廷での要領を思い出して、自分のグラスにワインを注ぐ。

駆け引きだ。

法廷でもレストランでもどこでも一緒のはずだ。そしてたぶんベッドでも。そう思うと身体が熱くなった。やっぱり逃げるべきだ。

ただ、ちょっと未練はある。いや正確には未練たらたらだ。

エディ自身どうするのが正しい選択なのか、どんどんわからなくなっていった。

二度と会わないと自分で云っておいて、エディはそのあともロニーの誘いを毅然と断ることができずに、ずるずるとデートを続けていた。

「何が問題だ？　サンフランシスコでも弁護士はできる。アーニーはいい条件を出してるぞ」

何度目かのデートでロニーは初めて具体的に事務所の話を持ち出した。エディが迷い始めているのを感じたからだ。

「だから僕は…」

「まあ聞けって」

ロニーはコーヒーを置いた。

「アーニーの条件は金だけじゃない。金優先じゃない依頼を受けたいと云ってる」

エディの表情が僅かに変わった。

「アーニーはすげえ稼ぐ弁護士をあの色香で引き抜いたのさ」

「うそ…」

「男だけどな。とにかく、アーニーはそいつにたんまり稼がせて、おまえのような弱者の力になるような弁護士を大事に育てたいと云ってる。もちろん金にならない弁護もアリだ。たとえ負けることがわかっていても、本当にその裁判が必要だと思うなら応援するとも」

「…アーニーが？」

「義理のおやじさんの遺言らしいぞ」

エディは黙り込んだ。

無学で貧しい犯罪者の権利を守るのも大事だが、貧しくてトラブルを抱えている善良な市民の役に立つというのは一番の目標だったはずだ。

「…一度アーニーと話をしてみる」

「そうか！」

ロニーの顔が輝いた。その表情を見て、エディはどぎまぎした。

「いつ来る？　空港まで迎えに行くよ」

「アーニーのスケジュールも聞かないと…」

「そうだな」

「決まったら連絡するよ」

「ああ」

ふたりの間になにやら親密な空気が流れる。沈黙が息苦しい。エディは思わず視線を逸らした。

その空気を感じ取って、ロニーは顔を寄せて囁いた。

「エディ、そろそろおまえのアパートに入れてもらえないのか？」

エディは慌てて身体を引く。

「ぼ、僕はアーニーの話を聞いてみると云ってるだけで、きみとのことはまったくべつだから」

「まだそんなこと云ってるのか。どうせ最後は俺のものになるくせに。観念してとっととやられちまいなよ。そしたら何も迷うことはなくなるぞ」

ロニーのその言葉にエディはまたかっとなった。そうするとよけいにロニーが喜ぶのを忘れて本気で彼を睨みつける。

「ふざけんなよ。よくもまあ好き勝手ベラベラ云えるよな」

「俺は間違ったことは云ってない。とにかく試しに俺と寝てみろよ。自分がどうすべきかがすぐにわかる。ごちゃごちゃ考えることがなくなるぞ」

「ロニー、あんたねえ」

「…怖いんだろ？　そうなるに決まってるのが自分でもわかってるから」

「うるさい！」

云い捨てて店を出る。ロニーも追いかけなかった。エディを必要以上に追いこまないためだ。それでも少しずつは追い詰める。エディが自分に対して言い訳できるように、追い詰めるのだ。

もう少しで手に入ると思うと、ロニーも頬が緩んだ。

私生活がうまくいっていると、仕事もうまくいくというのは本当だ。

ロニーはこのところ勝訴続きだ。厄介な事件も思わぬところでヒントが見つかって、クライアントでさえ最初から諦めていたような訴訟でさえ、勝ちを収めた。

「それで、もう食っちまったわけ？」

聡一の揶揄に、ちょっと眉を顰める。

「…まだだよ」

「へえ。あんたにしちゃあ、えらくてこずってるじゃないか」

「あいつとはいろいろあるからな。それに俺はガキじゃねえから、がっついてないんだよ。おまえのニックとは違ってな」

その皮肉に、聡一は嫣然と笑ってみせた。

「ニックはそこがいいんじゃないか。あの男前のツラでいつも俺が欲しくてたまらないって顔されてみろ。たまらんぜ」

「つくづくおまえの趣味って幅広いな」

「まあな」

「それはともかく、なんだって俺がそのニックのケツを拭かなきゃならないんだよ」

「そういうことじゃなくてさ、アーニーがロニーは今絶好調だから恩恵にあずかってみたらどうかって」

「なんだそれ…」

「この報告書読んで、なんか道があるんじゃないかと…」

ロニーは聡一が差し出す報告書を両手を上げて拒んだ。

「俺は読まないぞ。スタッフミーティングのときから俺は反対だったんだからな。それでもやると云い張ったのはニックだ。クライアントの云ってることを信じたのもニックだ。今更俺の手を借りるのはどうかと思うが」

「ニックは俺があんたに頼んでるのは知らないよ。俺が勝手にやってることだ」

「それじゃあ尚更だ。おまえ、いいかげんニックを甘やかすのはやめろ。そうでなくともさして優秀でもないのに、おまえが甘やかすからほんとに役立たずになる。これでエディが入ってきたら、ますますニックの立場は悪くなるぞ」

「…そこまで云うことないと思うけど」

「本当のことだ。次からは依頼を引き受ける前にちゃんと皆の許可を取るようにしてほしいね。あんな事件で裁判起こしてそれで負けてりゃ事務所の評判も落ちる。そこんとこ、もうちょっと考えるべきだな」

聡一は不快そうな顔でロニーを見ていたが、溜め息をついて立ち上がった。

「すっげえ腹立つけど、あんたの云ってることはもっともだ」

ロニーはべつの書類を見ながら苦笑する。

「誰かがそれをニックに云わなきゃならないんなら、おまえの他にはいないだろう」

「そうだな。あんたが云ってもあいつ反発するだけだし」

「それはそうと、エディが戻ってくることになったら口止めした方がいいぞ。俺とのこと、あいつ知らないんだろう?」

聡一の表情がすっと曇った。

「もちろん云ってないし云う気もない。もうずっと前のことだし、元々本気じゃない」

「まあ、そうだ。ただエディはちょうどその間を知らないわけだから、ニックは知ってると思ってうっかり喋(しゃべ)ってしまわないとも限らないだろ」

「…そっか。それじゃあ、あんたから云っておいてよ」

ロニーは肩を竦める。

「けどさ、もしエディがうちの事務所で働くことになったら、うちは男ばっかりの上にふた組もゲイのカップルがいるとんでもない事務所ってことにならないか?」

聡一の指摘に思わずロニーも押し黙った。

「…アーニーはわかってて俺をLAに行かせたのかな」

「だったら承知の上ってことか?」

ふたりは顔を見合わせた。

「アーニーらしいというか」

「…しかもヴィクターは本気でアーニーを口説くつもりだし」

さすがにロニーも黙って頭を振った。

聡一も黙ってファイルをまとめた。

空港でエディを出迎えると、ロニーの愛車で彼らのファームに向かう。

「…今日はこっちで泊まるだろ？」

「うん、そのつもり。アーニーがホテル手配してくれたって」

ロニーはわざと渋い顔をしてみせる。

「ホテルだって？　うちに泊まれよ。ちゃんと客室だってあるぞ」

エディは笑って取り合わない。

「…おまえ、意外と性悪だな」

「ええ、僕が？」

「そうだよ。俺の誘いを断ってばかりじゃないか。そのくせ食事に誘うとイヤとは云わない」

「……」

「もしかして、俺っていいように使われてるだけ？」

「わかってるくせに、そういう云い方するなよ…」

「わかってるって何が？」

「ロニー、今は仕事のことで頭がいっぱいで、きみとのことは正直すぐには答えは出ないよ。もう少し待ってくれないか」

ロニーはもうチェックメイト寸前だと思った。あとは流れに任せばいい。

「わかった」

大人しく引き下がる振りをする。しかし、心の中では今夜はいただいてしまおうと考えていた。


エディを連れて事務所に戻ると、彼を知っている古株の従業員が彼を歓迎した。

「ロニー、アーニーがちょっと遅れるから、エディに部屋で待っててもらってって」

「アーニーの部屋ってこと？」

「そうよ」

エミリーの言葉に頷くと、ロニーはエディをアーネストの部屋に案内した。

「…懐かしいな」

「だろ？」

「ここは落ち着くね」

「戻ってこいよ」

「…そうだね」

いい雰囲気になりかけたときに、エミリーがロニーを呼びに来た。

「ケンジントン夫人から電話よ」

「あ、しまった。こっちから電話することになってたんだ。俺の部屋でとるよ。電話回しておいてくれ」

「わかったわ」

「エディ、ちょっと失礼するよ」

エディは黙って頷いた。

部屋にひとり取り残されて、エディはちょっと溜め息をついた。

この選択がよかったのか、まだ迷っていた。もちろんロニーのことも含めて。

緊張で掌にも汗をかいているのが気になって、アーネストが戻ってくるまでに手を洗っておこうとトイレに向かった。

ドアを開けようとして、中から自分の名前が聞こえてきたのに気づいた。

「エディ・カーチスはやっぱり来たんだ？」

「そう。さっきロニーが連れてきた」

「てことは、ここで働くつもりかな」

「そういうことになるんだろうな」

「ってことは、まんまとロニーの策にハマったってわけか」

その言葉にどきりとした。この件で何か裏があるとでもいうのか？

「ロニーは自信満々だったもんな。絶対に連れてくるって」

「カーチスを入れたら、ロニーがシニア・パートナーに昇格って話、本当だったんだ」

エディの中で何かがガラガラと崩れた。

「それ、ほんとかよ？」

「聡一が云ってたよ」

それが止めになった。

エディは湧き起こる怒りのままに、ロニーの部屋にノックもなしに押し入ると、電話中の彼の頬を思い切り張り倒した。

「…人を出世の道具に使いやがって…！　信じたオレがバカだった。二度とそのツラ見せんな」

「エ、エディ？」

ロニーはわけがわからない。怒ってる顔はそそるなんて云ってられる次元の話ではなさそうだ。

「アーニーには引き抜きは失敗したって云うしかないな。それじゃあ、そういうことだから」

エディは大きな音を立ててロニーの部屋のドアを閉める。

ロニーは呆気にとられていた。

ちょうどエレベーターから降りてきた聡一がエディに気づいて嬉しそうに片手をあげた。

「エディ！　よく来たな」

しかしエディは差し出された握手を無視して、彼を睨みつける。

「二度と来ないよ」

「ど、どうしたんだ？」

そのエレベーターにエディが乗り込んだときに、ロニーが彼を引き止めに走ってきた。が、それより早くドアは閉まった。

「ロニー？　あんたも何やってんだ？」

「聞きたいのはこっちだよ。いったい何がどうなってんだか！」

そう叫ぶと、廊下を回りこんで非常階段を駆け下りる。とにかく今エディを引き止めないと、すべてが台無しになる。

必死になって階段を下りると、エディの後ろ姿が見えた。

足早に通りに出ようとするエディの腕を摑まえた。さすがに息があがっている。

「おまえ、急にどうしたんだよ。ちゃんと説明しろ」

「離せよ」

「話を聞いてからだ」

「今更何を聞きたいんだ？　もうあんたの企みはバレちゃったんだよ。今の今まで気づかなかった僕はバカだ」

「何のことを云ってるんだ？」

「わかってるくせに。シニア・パートナーになりたくてアーニーと取引したことだよ。まったく、あんたらしいよ」

吐き出すように云うエディの顔を見て、ロニーは眉を寄せた。

「おい、誰がそんなこと云ってたんだ。ただのガセだ」

「この期に及んでまだシラを切るつもり？」

ロニーはさすがに眉を寄せた。

「あのな、俺のクライアントの中でもかなり上客に入るケンジントン夫人の電話を一方的に切って、しかも非常階段使っておまえを追っかけてきたんだぞ」

「それが何だよ。あんたがそこまでしてシニア・パートナーになりたかったとは思わなかったよ」

「だから、そのネタからして違ってるって云ってるんだ。誰から聞いたんだ？」

「立ち聞きしたんだ。そいつは聡一から聞いたとはっきり云ってたよ」

ロニーは呆れたように溜め息をついた。

「たぶんニックが云ったんだろ。大方あいつの勘違いか何かだ。俺はそんな条件アーニーから出された覚えはないからな」

「うそ…」

「俺が嘘つくつもりならもっとうまくやる。それに俺はこの事務所でシニア・パートナーになりたいとは思ってない。事務所を経営したいときは独立する」

「……」

「LA行きだって事務所が出してくれた出張費は最初の一回だけだ。あとは俺が自腹でおまえに会いに行ってる。ま、当然だろうけど。まったくのプライヴェートなんだから」

エディはまだ混乱しているようだった。そのときアーネストが通りがかった。

「きみら、こんなとこで何やってんだ？」

「アーニー…」

「久しぶりだな、エディ」

本当に久しぶりの輝くような笑顔に、エディは泣き出しそうになった。アーネストは驚いて彼を抱き寄せた。

「おい、ロニー、おまえ何をした？」

「されたのは俺の方なんだって」

「意味がわからないな。ちゃんと説明しろ」

エディを引き寄せたまま、軽くロニーを睨み付ける。

「ニックのせいだ。あいつが思い込みでアホなこと云い出すからだ」

「またニックか？」

「聡一も悪い。あいつがあのアホを甘やかすから」

「それとエディと何の関係が？」

ロニーは深い溜め息をついた。

「ちょうどいいからアーニーに聞いてみろよ。俺がシニア・パートナーになりたくてエディを口説いてたのかどうか」

「きみがシニア・パートナー？　そういう話はちゃんと俺を通してくれよ」

アーネストの言葉に、エディは慌ててロニーを見た。

「あの、アーニー、僕…」

おずおずと口を挟もうとするエディの肩を、アーネストは軽く叩いた。

「とりあえず、俺の部屋で話そう。さっぱりわけがわからん」

アーネストに促されて、二人はエレベーターに乗った。


「何か、かかなくてもいい恥をかいてしまった気がするよ」

「全部ニックのせいだ。気にすることない」

すっかり誤解も解けて、二人はロニーのアパートでテイクアウトの中華でディナーをとっていた。

エディに平手をくらったロニーの頬はけっこう腫れてしまって、レストランに行ったら注目されるとロニーが云い張るので、勘違いで暴力を振るったエディは立場が悪く、ロニーの希望を呑まないわけにはいかなかった。

それでも、あくまでも泊まるのはホテルの部屋のつもりだった。

「アーニーとの話もうまく進んだみたいだから、あとは今の仕事をきちんと責任を果たしてから辞めることだけだな」

「…ああ」

中華惣菜はあのときのロニーの差し入れと同じで、当然ロニーも意図して選んだのだ。

中国酒までは買ってないので、とりあえずワインを開けた。

他愛ない話をしながら食事を片付けると、ロニーは当然のように彼をベッドに誘った。

「ごめん、ロニー。明日の朝一番の便で帰らなきゃいけないから…」

ロニーは微笑を浮かべてゆっくりと頭を振った。

「悪いけど、今日はもうノーはなしだ」

そう云うと、エディに口付ける。五秒で抵抗する気が失せるようなキスだ。

こんな甘美なものが世の中にあるだろうか。

それでもエディはなんとかキスだけで終わらせようとした。しかしロニーはまったく取り合わなかった。

「エディ、昼間どうしてあんなに怒ったのか考えてみろよ。利用されたと思ったことだけのせいじゃないだろう。俺がＬＡでおまえに云ったことがすべて出世のためだと思ったから、あれほど腹が立ったんだ。違うか？　おまえは俺の言葉を信じたいんだ。俺に愛されていることを信じたいんだ」

ロニーの言葉はエディには催眠術のようだった。アルコールで判断能力が弱くなっていることもあって、その言葉に抵抗できなくなっていく。

ロニーは再びキスを繰り返しながら、着ているものを脱がせていく。

ベルトを外して下着の中にいきなり手を侵入させると、エディが僅かに抵抗を見せた。

「恥ずかしがることない…」

優しく囁くと、濃厚なキスのせいで勃起しかけたエディのものを握った。

「は、あ…」

深く息を吐いてうっとりと目を閉じた。ロニーの指は暫く下着の中で彼のものをしごいてやっていたが、充分に硬くなったところで外に出した。

ロニーは元気よく飛び出たエディのものを口に含んでやる。その舌遣いは絶妙だった。そしてそれを咥え込むと喉元まで迎え入れて出し入れしてやる。

エディが射精するまで長くはもたなかった。

「…今度はおまえの番だ」

そう云うと、自分の着てるものをエディに脱がさせる。

「おまえの中に入るんだから。たっぷり可愛がってくれよ」

そんなことを囁かれると、また股間が熱くなってくる。

下着から出たロニーのものは思わず生唾を呑み込みそうなほどだった。

「どう？　気に入ったか」

スケベそうに笑うと、自分のものを掴んでまた硬さを増してきたエディのものと擦り合わせた。

「は、ああ…」

エディから色っぽい声が洩れる。

「こういうの、好き?」

一度出したせいか、この焦らされる感じがなかなかよかった。

「口開けて…」

云われるままに開けると、ロニーの大きなものが押し込まれた。それを唇と舌で愛撫する。自分の口の中で更に硬度を増していくのが愛しい。

ロニーは自分のものをしゃぶらせながら、エディのうしろを指でほぐす。ローションをたっぷり垂らして、指を増やしていきながら丹念に奥まで馴らす。

「エディ」

頬を軽く叩いて頬張ったものを出させる。

思わず不満そうな顔をしてしまったエディに、ロニーは口付ける。すぐに舌が入り込んできてエディも待っていたようにそれに自分の舌をからませる。

エディはもう欲しくてたまらなかった。ロニーの逞しいもので深く貫かれたい。ずっとそれがどれほど欲しかったのか、今自覚した。

そしてロニーも同じだった。

空腹は一番のスパイスだというが、この数ヵ月の過程こそがそのスパイスだった。そしてその素材が最高のものであれば、どれほど美味しくいただけるか想像に難くない。

ロニーははやる気持ちを抑えてちゃんとゴムを着けると、自分のものの先端を欲しがるその入り口を弄ぶように押し付ける。すぐに入ってこないのに焦れて、エディは誘うように息を吐いた。

「…欲しい？」

揶揄うようなロニーの言葉に、エディは口を薄く開けてこくこくと頷く。

「ちゃんと云えよ」

「は、早く…、挿れてくれ」

ロニーはにやりと笑うと、ぐっと中に押し入った。それはそのサイズのせいで、感じたことがないところまで届いて、そこに当たる刺激に思わず声を上げた。

「ここがいいのか？」

ロニーは腰をグラインドさせながら、彼の弱い場所を徹底的に攻める。

「や、あ、っあああ！」

エディはわけがわからなくなるほどの快感に、濡れた声を上げて応える。自分がどうなってしまうのか、もうわからなかった。

ロニーの動きに合わせて自分の中の彼を締め付ける。

ロニーは自分たちの腹の間で揺れるエディのペニスをしごいてやる。

「あ、ロ、ロニー…」

エディは泣きそうな声で彼の名を呼んだ。

ロニーは更に深く腰を打ち付けると、エディはその強い快感に二度目の射精をした。そしてロニー

も彼の中で終えた。

エディはロニーにまんまと食われてしまったことで、自分自身に腹を立てていた。ものすごくよかったことが、よけいに悔しい。ロニーが云うように、この先彼とのセックスなしの生活は耐えられないことになりそうな気すらする。

セックスが嫌いなわけでは決してないが、それでも自分は人よりも淡白だと思っていた。しかし単にそれは本当の自分を知らないだけではないかという思いが彼を憂鬱にさせた。

きっと、ロニーはその自分でさえ知らなかった部分を思う様引き出すつもりなのだろう。それが怖かった。

それでも寝たことでロニーとの関係は今までと同じというわけにはいかない。だからといってすぐにラブラブの恋人同士というわけにはいかないのだ。

どういうスタンスを取ればいいのか、エディは混乱していた。

「すげえよかったって顔してるぞ」

ロニーは満足そうにエディにキスをした。

「い、いい気になんな。一回寝たくらいで恋人だとか思うなよ」

「何をスネてんだか」

くすくす笑うロニーにエディは枕を投げつける。確かに拗ねているという言葉がぴったりだった。

エディが彼らの事務所を訪ねた数週間後。

その日のスタッフミーティングでエディが紹介されることは、皆既に聞いて知っていた。

「…前から思っていたんだけど、この事務所は女性の弁護士を雇わないのか？」

今のところ一番新参者のヴィクターがちょっと声を潜めた。

「そんなことないよ。ヴィクターが来る少し前にはケイトが居たし」

ニックが答える。

「それからけっこう経つだろう？　その後女性が入ってこないじゃないか。それはもしかしてきみらがゲイだってことに関係してるのか？」

聡一の眉がぴくりと動いた。それに気づいてヴィクターは両手を胸の前で軽く上げた。

「気になる云い方だったとしたら謝る。ちょっと気になったから」

ニックはエミリーがエディのために焼いてきてくれたクッキーが美味しくて、そんなこと少しも気にならない。

「関係ないと思うよ。この前に募集したときに面接に集まったのは八割女性だった」

「なのに？」

「皆、アーニーが職場恋愛を決してしない主義だって聞くと辞退しちゃうんだよなあ」

ニックは「決して」を強調した。

「そう。中には既婚者も居たのに」

聡一がそう云ってにやりと笑う。

「ああ、そういうこと…」

ヴィクターは苦笑を洩らす。

女性の弁護士たちが彼に狙いを定めるのはごく自然なことだろう。

地位も財力もある、有能で輝くような美貌を持つ男。しかも独身。

「せっかくアーニーに近づけても、事務所に居る限り恋愛の対象にはならない。それをどっかで聞きつけてきて、結局やめちゃうんだよなあ」

「皆、ロマンスに飢えてるんだよ」

「まあ、アーニーだっていつか結婚するかもしれないわけだし」

「そういえば、今までそうなりかけた話すら聞かないな」

アーネストは秘密主義ではないので、恋人を事務所に連れてくることはけっこうある。それでも、その誰とも婚約すらしたことがないのだ。

付き合っているときは誠実なのに、別れを切り出しても冷めている。アーネストと過去付き合った女性の何人かがそういう云い方をしていた。

「…アーニーは独身主義者だぞ」

ヴィクターがぼそりと呟いた台詞に、他の弁護士たちの視線が一斉に彼に向いた。

「そうなの？」

「それってほんと？」

「なんであんたが知ってるんだ？」

質問攻めにされてヴィクターの方が驚く。

「聞いてないのか？」

「初めて聞いたよ。それってあんたの願望じゃないの？」

ニックがきつい一言をヴィクターに向けたときに、アーネストが部屋に入ってきた。

「なんだ、騒がしいな」

「だってヴィクターが…」

「ヴィクター、あんたまでニックを揶揄うことにしたのか？　ジャックだけで充分だろ」

アーネストは溜め息をついて、軽くヴィクターを睨む。

「そういうつもりじゃ…」

「いいから、俺にミーティングを始めさせてくれ」

ヴィクターは軽く肩を竦めると、手でどうぞというように彼を促した。

アーネストはエディを招き入れた。

「今日から我々の仲間になるエディ・カーチスだ。皆仲良くやってくれ」

アーネストの紹介に惜しみない拍手が湧く。

「可愛い外見にごまかされないように。彼はやり手だよ」

アーネストがにやりと笑うと、エディは少し赤くなる。いつもはポーカーフェイスだが、アーネストに誉められるとときどき素が出る。

「懐かしい事務所に帰ってこられて、嬉しく思ってます」

硬い挨拶を始めるエディに、それまでずっと黙っていたロニーが口を挟む。

「最初に云っておくけど、こいつはとりあえず俺のもんだから手出し無用だよ」

どこかで聞いた台詞にヴィクターが苦笑していると、更に真っ赤になったエディが猛然と反論を始めた。

「か、勝手なこと云うなよ！　そんなこと認めてないから」

「お、ロニーが振られた」

嬉しそうにニックが茶々を入れる。

「振られたんじゃない。あれは照れてるだけだ」

「だ、誰が!!」

「エディ、この事務所は俺以外は皆ゲイかバイらしいから、秘密にする必要はないぞ」

「アーニーまで！　僕はロニーとは何の関係もないんですって」

必死になって反論するエディに、ジャックがにっこりと微笑んだ。

「それじゃあ、俺と付き合わない？」

「エディ、ジャックはこう見えてワイフがいるのに保護監察官と二股かけてるような奴だぞ。気を許すな」

「ロニー、その情報はもう古いよ。今度の相手はテレビ局のディレクターだ」

ニックの言葉に、ジャックの甘いマスクがちょっと歪む。

「…なんで知ってるんだ？」

「おまえの部屋に連れ込んでたじゃないか。先週、残業したときに」

「あのときおまえも居たのか？」

「居たのかじゃないよ。ほら、エディが呆れてるじゃないか」

「おまえのせいだろ。たとえ見たからって、ミーティングの最中に云うなよ」

「最初に云ったのは俺じゃなくて、ロニーだよ」

「なんだよ、こっちに矛先を向けるな」

エディはこのやりとりに、目を丸くしていた。いったいこの事務所はいつからこんなふうになってしまったんだろう。

「エディ、とりあえずはようこそ」

聡一はそう云うと、呆気に取られているエディに握手を求めた。

「ロニーに聞いてると思うけど、あのことは他言無用だよ」

低く耳元に囁く。

そういえば、ここにも事務所でコトに及ぶ奴が居た。

まったくなんて事務所なんだ。たった三年でこの事務所に何が起こったんだ？　もしかして自分は早まったのかもしれない、エディはふとそう思う。

しかし何にせよ、もう手遅れだ。

不安げにアーネストの様子を窺う。その視線を感じて、彼はにっこりと微笑んだ。

「とりあえず、歓迎するよ」

アーネストの笑顔で、エディの不安は一気に解消する。

そうだ、彼の下で働けるのだ。他の連中がどれほど変人でも気にならない。

ロニーとのことは少し不安だが、それでもいろんな意味で期待の方が大きかった。

「俺も歓迎するよ。よろしくね」

ヴィクターが微笑む。彼はかなりまともそうだ。

エディはやっと落ち着いた気分になって、彼の握手に応じた。


七人目の彼らの仲間だ。

これで役者は揃った。七人の男弁護士事務所サンフランシスコ版の完成である。

オブジェクション

sustained

今日もLAは快晴だ。

このまま仕事をさぼってドライヴに行ってしまいたいくらい、気持ちのいい朝だった。

エディの車はスピードもそんなに出ないし、屋根も外せないが、それでもこの町をドライヴするのは気持ちがいい。いつもは煩(わずら)わしい朝の渋滞(じゅうたい)も、もうあと数日だと思うとちょっと感傷(かんしょう)的な気分になってしまう。

このがたがたのイケてない車でも金を出して引き取ってくれるという中古車店は見つかったし、サンフランシスコではまた前みたいに二輪を買おうかとぼんやり考えてみる。それとも運動不足を解消するために、あの坂の街を攻略できる自転車(マウンテンバイク)の方がいいかもしれない。

しかしその前にアパートを探さないといけない。

三年前に住んでいたアパートは事務所までは二輪で十五分の距離だったし、バスルームも付いていてちょっとない安さだった。当然エディが出たあとには別の住人が入っていて、誰もすぐには出て行きそうになかった。

ロニーが探してくれると云うが、それはさすがに断った。そこまで彼に頼るわけにはいかないと思っていたのだ。

それはともかく、この三年の間滅多(めった)にドライヴもしなかったし遊びに出かけることもなかったが、けっこうこの街は好きだった。もっといろいろ行っておきたかったが、エディがこの街を去るのはもうあと数日後のことだった。

「この店に来ることはもうないかもしれないんだから、好きなだけ注文して」

先輩弁護士のカーラが馴染みの店で夕食を奢ってくれるというので、エディは遠慮なくご馳走してもらうことにした。

「やっぱり、ここに来たからにはミートローフを食べないと」

「それと特製の野菜スープでしょ」

「にんにくいっぱい入ってるやつね」

「まあ、彼氏が来るから精を付けようってことね？」

「…べつに彼氏ってわけじゃないよ」

カーラはエディがゲイだと知っている数少ないひとりだ。

「あら、うまくいってないの？」

「カーラ、その話は今はいいだろ」

エディは勘弁してくれと云いたげに軽く手を上げる。

「いいわよ。それじゃあさっさとメニューを決めましょ」

そう云ってメニューをエディに見せる。

カーラは公選弁護人事務所のナンバーワン弁護士で、次期所長と噂されてもいる。強い信念を持っていて、大手法律事務所からの引き抜きを拒んで公選弁護人事務所にこだわっている。頭が切れて、仕事熱心。面倒見がよく、姐御肌。

エディは最初の一年はずいぶんと彼女に助けられた。

「正直、最初に会ったときは絶対に使えないと思ったわ」

カーラは懐かしそうにちょっと目を細めた。

公選弁護人事務所には実際あまりいい人材は集まらない。なにしろ依頼人の多くは犯罪者で、彼らの罪を軽くするのが仕事なため世間から白い目で見られることも多い上に、かなりの薄給である。よほど強い信念かはっきりした目的を持った人間以外は、他のファームの就職にあぶれた使えない弁護士であることが多い。

「おとなしくてハッタリが利かなそうだし、いかにも自信がなさそうだった」

その言葉どおり、彼女はエディにはまったく期待していなかった。

数カ月たっても特に目立った成績を上げたわけでもなかったし、隔週のランチ・ミーティングでも特に自己主張をすることもない。第一印象とさして変わらない、大人しい地味な弁護士でしかないとカーラは思っていた。

ある日、カーラの部屋が雨漏りがするというので、その修繕が終わるまで彼女はエディがひとつ先輩のハンクと使っている部屋に居候することになったのだ。そのほんの一週間ほどのことで、彼女はエディに対する自分の印象をすっかり覆されることになった。

そのとき彼女はちょっと厄介な事件を抱えていた。その事件の裁判を数時間後に控えて、まだ判例が見つからずにイライラしていた。

「カーラ、ボスが話があるって…」

外から戻ってきたばかりのエディは、遠慮がちに声をかけた。

「あー、今は駄目よ。私に話しかけないで」

「けど…」

「二時間後には裁判なのよ。なのに、判例が見つからないんだから！」

エディはちらとカーラを見た。

「…スミス事件」

「え…」

カーラは手を止めてエディを見た。

「リードだろ？　盗品を保管してたってやつ」

「…ええ」

「だったら、スミス事件。あれを使うといい」

素っ気ない調子でそう云って、自分のデスクに着いた。

「…ありがとう」

「いや。それよりボスのとこに行った方が…」

「あ、そうね。ありがとう」

カーラはエディが迷いもなく判例を示して見せたことで、軽い驚きを感じていた。

確か以前居た事務所では、弁護士補助（パラリーガル）のようなことをしていたと聞いている。そのときに扱ったケースで同様の判例を使ったという可能性もなくはない。

それでもこのときカーラはエディに興味を持ったのだ。

彼女は時間を作ってエディの裁判を見に行った。そこには、ふだんの大人しく地味なエディとはまるで別人の、淡々（たんたん）と検察を追い込んでいくエディの姿があった。

それをキッカケに、カーラはエディをランチに誘ったりして仕事のアドバイスをするようになった。

エディは自分からは他人を頼らないが経験者のアドバイスは素直に聞くので、すぐにカーラに気に入られた。

知人の居ないＬＡで、エディが彼女のおかげで救われたことは多い。仕事上でのことはもちろん、彼女の夫のピートや彼らが溺愛（できあい）する二人の可愛（かわい）い子供たちと過ごすことは、エディには何よりも心安らぐ時間となった。

その家族とも、もうすぐお別れだ。

「見込みがあると思ったら、そういう人は皆辞めて行っちゃうのよね」

「カーラ…」

「けどまあ、戻れてよかったじゃない」

カーラは姉のような目で微笑んだ。

「一番尊敬してる人の下で働けるわけなんだから」

エディはサンフランシスコに戻ることになるとは思っていなかったので、アーネストやロニーのことを彼女に話していたのだ。

「…うん」

エディは小さく頷く。

「けど、私たちのことも忘れないでよ」

「もちろんだよ」

「ピートがいつでも遊びに来てって」

「ありがとう」

しんみりとしてしまう。

ピートがお別れ会をしたいと云ってくれたのを断った。気持ちは嬉しかったが、そんなことをされたら泣いてしまいそうだったからだ。

仕事三昧の毎日で三年間恋人もできなかったが、カーラたちとの出会いは自分にとっては貴重なものだった。

「本当にお世話になりました」

「いやだ。ずいぶん他人行儀じゃないの」

そう云ってカーラは笑った。


「エディ、これから時間あるか？　見せたいものがあるんだ」

エディがジャックと事務所に戻ったところをロニーが捕まえた。

「今から？」

「ああ。早い方がいいんだ」

「けど、まだ仕事が…」

エディは慌ててジャックを見たが、彼はにっこり微笑んだ。

「この件なら大丈夫だよ。あとは僕がやっておくから」

ロニーがにやりと笑った。

「それじゃ、三十分後に出られるな？」

「え、けど…」

「車で待ってるから」

ロニーはそう云い残すと、事務所を出て行ってしまった。

エディはサンフランシスコに戻ってから、まだロニーと二人きりで過ごしていない。

エディがＬＡで残してきた仕事のせいで週の半分はまだＬＡに居たことと、ロニー自身の仕事が忙しかったせいだ。

しかしそれとは別に、エディはロニーとは距離を置くつもりでいた。このままなし崩し的にロニーと付き合うのは躊躇われたのだ。

「エディ、嫌なら嫌って云えばいいんだよ」

戸惑った顔のエディに、ジャックは微笑みかける。人懐っこさとどこか妙な色気を感じる、フェロモン満載の笑みだ。

ＬＡではカーラのおかげでアフリカ系の友人が増えた。ピートもなかなかのハンサムだったが、それでもジャックは群を抜いている。

今になって気づいたが、このファームは容姿が採用の条件になるのではと思わせるほどの、美形揃いだった。エディはこのときになって初めて、自分がひどく場違いではないかと感じた。

スーツは安物だし容姿も地味。背も高くないし、髪型もなんだかださい。

今まであまり自分の容姿にコンプレックスを持ったことがなかったが、それはただ無頓着だっただけのことで、ここに来ては嫌でも意識しないわけにはいかない。

以前に自分が助手をしていたころは、アーネストが綺麗すぎることを別にすればどこにでもあるファームだった。女性弁護士も常にひとりかふたりは居たし、半分は既婚者だった。

なんとなく、エディは気後れしてしまう自分を感じていた。

ロータスでエディを待っていたロニーは、彼に気づくとドアを開けた。

エディは一瞬躊躇ったが、ここまで来ておいて乗らないというのも変なので大人しくナビシートに収まった。

「よう、来たな」

「急かして悪かったな」

そう云ってロニーが腕を回そうとすると、エディは思わず身構えた。が、ロニーは回した腕をシートにかけて勢いよく車をバックさせる。

拍子抜けのようなエディに、ロニーは含み笑いを洩らす。

地下の駐車場から車を出すと、ロニーはちらとエディを見た。

「…キスされると思ったんだろ」

意地悪く云う。図星だったがエディはなんとかやり過ごした。

そんなエディを見て、今度はロニーは声を出して笑った。

「おまえ、ときどきポーカーフェイスが崩れるんだよな」

「……」

「可愛いぞ」

ウインクを投げる。エディは一瞬くらっときた。が、そんなことはおくびにも出さずに、わざとらしく窓の外を眺める。

「そういう顔されるとよけいにたまらんねえ。泣かしまくって。濡れ濡れの顔でもっととか云わせたくなるんだよなあ」

やばい、エディは自分を叱咤する。こんな言葉に挑発されてどうする。

「それより、どこに行くんだ？」

「すぐに着くさ。着いてからのお楽しみ」

その言葉どおり車はほどなくして住宅街に入る。

この辺りはロニーのアパートの方角ではないかとエディが気づいたときに、車は止まった。

空いたスペースにロータスを滑り込ませると、エンジンを切った。

「ここって…」

「いいとこだろ？」

ポケットから鍵を取り出すと、アパートの門を開けて中に入る。

「パティオもあるぞ」

小さな中庭はよく手入れされていた。

ロニーは一階の一番奥の部屋のドアを開けた。

「どう？」

顎でエディを促す。

「どうって…」

「遠慮しないで入れよ。とにかくおまえに見てもらわなきゃ」

中はがらんとしていたが、センスのいい家具がいくつか備わっていた。

「悪くないだろ？　キッチンもバスルームもちゃんと付いてる。事務所には近いし、ついでに俺のアパートにも近い」

エディは、今アーネストの知人が経営するペンションに仮住まいしているのだ。ずっとそのままというわけにはいかないので、早々にアパートを探す必要は確かにあった。

「ロニー…」

「オーナーが俺のクライアントなんで、融通を利かせてもらえるんだ」

そう云ってロニーが示した家賃は確かに破格だった。普通に考えればこんなにありがたいことはない。これがロニーでなければちゃっかり甘えていたところだ。

けど何もかもお膳立てされてしまうと、どうしても腰が引けてしまう。

「そんなに安いのって…」

「俺の紹介ってことで安くさせたんだ。心配ないよ」

それが一番心配なんだとエディは思った。

こんなふうに、ロニーが自分のことをどんどん決めていくのは、逃げ道を塞がれているみたいで逆に不安になるのだ。

「…住むとこくらい自分で探すよ」

エディの言葉にロニーの眉が寄った。

「何が不満なんだ？」

「不満とかそういうんじゃなくて…」

「おまえ、これで俺に借りができるとか、俺が貸しを取り立てにくるとか考えてるんだろう？　そんなケチなことすると思うか？」

「そんなこと思ってないよ」

「…だったら何が気に入らないんだ？」

ロニーはすっかり気分を害してしまったようだ。

「ここまでやってもらうわけにはいかないよ」

「それは、ここが気に入るとか気に入らないとかは問題じゃないってことか？」

「……」

答えないことが肯定になってしまった。

ロニーはエディを見て首を振ると、吐き捨てるように自嘲した。

「簡単に。人の苦労も知らずに…」

エディがここに戻ってくることに決めてから、ロニーは友人や知人をあたってずっと彼のために部屋を探していたのだ。仕事の合い間に、何度アパートを見に行ったかわからない。

　できるだけ快適でエディが寛げる場所をと、自分の部屋を探すときよりもずっと真剣に時間をかけて、そしてこのアパートを見付けた。


「…僕が頼んだわけじゃない」

　エディの言い分は尤もだったが、このときにロニーに云うべきではなかった。

「そうだな。よけいなことして悪かったよ」

「……」

「車、呼んでやるからそれで帰ってくれるか。俺はここのオーナーに鍵返しにいかなきゃならん」

　ロニーはそう云うと、携帯で事務所がよく使うタクシー会社に車の手配をした。

「ロニー…」

「手間取らせて悪かったな」

　そう云い残してロニーはさっさと帰ってしまう。

　ロニーを怒らせるつもりはないのだが、結果的にそうなってしまう。

　好きだからといって、すぐに恋人同士になれるわけじゃない。このままでは対等な関係なんぞ到底望めない。

　自分の中の戸惑いをロニーにどう伝えればいいのか、エディにはわからなかった。

ぎくしゃくしたまま一週間が過ぎて、ロニーとエディとの溝は広がったままだった。

それでも事務所では他の弁護士にそれを気取られるようなことはなく、ロニーらしくソツなく振舞っていた。

「エディって、今ホテル暮らしなんだろ？」

ニックと聡一に誘われて事務所近くのカフェでランチをとっているときに、ニックが急に思い出したように云った。

「ペンションだから、ホテルって云うより間借りに近いけど」

「いずれはアパートに移るんだろ？　だったら知り合いの不動産屋、紹介しようか？」

ニックの言葉に聡一はちらとエディを見た。

「…そうだな、お願いしようかな」

「え…！」

聡一は思わず声を上げてしまった。二人の視線が聡一に集まる。

「あ、いや、エディはロニーから何も聞いてないのかなーと思って」

「え？」

エディの眉が僅かに寄った。

「とりあえずロニーに相談した方がいいんじゃないか？　ニックの紹介ははっきり云ってあんま役に

立たないと思うぞ」

「なんでだよー」

ニックは不満そうに聡一を見る。

「ニックの知り合いだと、二千ドル以下の家賃の物件なんて持ってきてくれないからな」

「二千ドル！」

エディが思わず声を上げた。

「千ドルだって出せないよ」

エディは母親に仕送りもしているのだ。父方の祖父の信託財産をがっぽり貰っている上に、母方の祖父母の会社の株の配当まであるニックとは違う。

「ニックが贅沢なだけだから、気にしなくていいよ」

「なんだよー。俺だって、自分の給料で部屋代も食費もちゃんと払ってるんだから」

「けど、おまえの大好きなそのグッチのスーツも靴も時計も。毎週通ってるヘアサロンも、それとスポーツジムの会費も、株の配当金から出してるじゃないか」

ニックは男前なツラをぶすーっと歪めた。

「…聡一だって金のある奴はどんどん使えっていつも云ってるじゃないか」

「云ってるよ。ただおまえが自分の稼ぎだけでやってるみたいな云い方するから、訂正してやっただけだ」

「そうズケズケ云わなくても…」

ニックは新入りのエディの前でちょっといいカッコしたかったのだ。もちろん聡一にはそんなニックの子供っぽい考えなどお見通しだ。

「おまえが何でも軽い気持ちで話を持ちかけるから、俺がいちいちフォローしなきゃいけないんだろう。このままうっかりエディがおまえに部屋探しを頼んだら、あとで彼が恥をかくことにならないとも限らない。俺だってかけ出しのころは、家賃三百ドルのアパートに居たんだ」

現実を突き付けられて、ニックはしゅんとなった。

そんなふたりを見てエディは内心苦笑する。彼から見るとふたりのカップルはどこか変わっている。

エディは一度ふたりがキスしているのを目撃してしまったことがある。聡一の部屋のドアが開いていて前を通りがかったときに目に入ってしまったのだ。

いつも聡一にリードを握られているニックが完全に聡一をリードしていて、聡一もうっとりとそれに任せている、ように見えた。

聡一によるとニックとのセックスライフはそれは素晴らしく、ニックも事務所で見せる顔とはまったくべつの、ラテンの濃くて情熱的な腰使いで攻めまくってくれるのだそうだ。ちょっと酔った聡一がそう云ってのろけたのを思い出して、口元に怪しい笑みを洩らしてしまう。

「とにかくさ、ロニーに相談してみるのがいいよ」

エディは慌てて思い出し笑いを消した。

「あ、実はもう断ったんだ」

「え？」

「頼みもしないのに勝手に部屋見つけてきたりするから…」

「それで断った？」

「そうだよ」

聡一は思わず片目を瞑（つぶ）った。

「それはまた、思い切ったことを…」

自分が責められたような気になって、エディはちょっと反発した。

「なんだよ、悪い？」

「いや。けど、今度ばかりはロニーに同情するよ」

それを聞いてニックが口を挟んできた。意外に立ち直りが早い。

「聡一、なんでロニーの肩持つんだよ。エディは頼んでないって云ってるじゃないか」

聡一は苦笑した。

「まあ俺にはロニーの気持ちもわかるからなあ」

ニックは不満そうだが、聡一はそれには取り合わずにエディに云った。

「ロニーは云わなかったみたいだけど、あんたがこっちに来ると決まってから、あちこちに働きかけて部屋探しをしてたんだ。俺もクライアントにインテリアデザイナーがいるから、紹介しろって云われたしな。何度も自分でアパート見に行ってたみたいだよ」

エディの表情が変わる。

「やっといいとこ見つけたって、嬉しそうだったよ。あのロニーが損得抜きであんたのために奔走してたの知ってるから、ちょっとね」

聡一の話はエディにはショックだった。

「ロニーが総力を上げて探したとなれば、そのプライドにかけてもまたとない逸品だったと思うけどなあ」

「聡一、見たの？」

「なんで俺が見るわけ？　想像だよ。けど、ロニーってそういうとこ抜かりないから」

確かにロニーが見つけていた部屋は、文句の付けようがなかった。なかっただけに自分は引いてしまったのだ。

「…けど、そんなのエディのせいじゃないと思うけど」

「もちろんそうだ。まあ仕方ないことなんだろうけどね」

聡一は肩を竦めた。

エディはあのときのことを思い返していた。

自分はロニーの気持ちなど考えもしなかった。ただ自分のことだけ考えていたのだ。

もっとちゃんとロニーと話し合うべきではなかったか。自分がなぜ断ってしまったのかを、ちゃん

と説明すべきではなかったのか。

　エディは後悔の念でいっぱいだった。

　そしてその日の夜、ロニーのアパートを訪ねた。


「…話があって来たんだけど」

　エディは追い返されるのも覚悟の上だった。

　しかしロニーは苦笑して彼を中に促す。

「遅いよ。いつまで待たせるつもりだ？」

　エディにソファを勧めて、冷蔵庫からワインを取り出した。

「おまえが来たら一緒に飲もうと思って買っておいたんだ。いつまでたっても来ないから、いっそ先に飲んじまおうかと思ったよ」

　ワイングラスをエディに押し付ける。

「乾杯」

　かちりとエディのグラスに自分のグラスを合わせると、エディを見ながらひと口飲んだ。

「…悪くないな」

「おいしいよ…」

　俯き加減に呟くエディに、ロニーは軽くキスをする。

「話、聞こうか？」

息がかかるほどの距離で囁く。エディは思わず目を閉じた。

「それとも、あとにする？」

「あ、あとって？」

云ってすぐにその意味に気づき、真っ赤になった。ロニーの唇が綻ぶ。

「まあおまえの話ってのはだいたい想像付くから、あとでゆっくり聞くことにして…」

エディの手からグラスを抜き取ると、自分の分とまとめてテーブルに置いた。

そしてエディの首の後ろを掴むとぐいと引き寄せて、今度は貪るように口付ける。すぐに舌が入り込んできて、エディの舌に絡み付いた。

エディは頭の芯が痺れて、全身が溶けていくのを感じていた。

ロニーのキスはエディにとっては即効性の毒だ。こんなふうに情熱的に口付けられると、もう拒むことができない。すべてを彼に委ねたくなる。

こうしていると何を頑なに拒んでいたのかわからなくなってきた。こんなに気持ちがいいものを、自分から拒絶していたことが信じられないほどなのだ。

「あ、ロニー…」

潤んだ瞳はもう完全にロニーを誘っている。自分で自分が制御できない。

ロニーの指が器用にシャツのボタンを外しエディの服を剥いでいく。裸の胸を撫で回されて、その快感に下半身が既にやばいことになっていた。

ロニーはそれに気づいて、張り詰めたジーパンの前を布越しにそっと撫でる。

「エディ、自分で脱いで」

シャツは脱がせておいて、今度は脱げと云う。

エディは僅かに躊躇してみせたが、それでも自分でベルトを外した。

「ファスナー下ろして」

云われるままにファスナーを下ろそうとするが、さっきより更に張り詰めたもののせいで途中引っかかってひどく下ろしにくい。

それでもなんとか引き下げると、かちかちのものが弾みを付けて飛び出した。

ロニーは自分も前を緩めてペニスを引き出す。エディの腰を自分の下半身に引き寄せると、自分の腰を突き出した。微妙な感じでお互いのペニスが絡み合う。

エディはもうたまらなかった。

立ったままでキスを繰り返しながら、張り詰めたお互いのペニスが密着する。

ロニーはエディの腰を抱いているので、ペニスに直接触れたりはしない。それがじれったくってたまらないのだ。

「ロニー…」

誘うようにエディの濡れた唇が囁く。ロニーはそれに応えるように、腰に回した腕に力を入れて引き寄せる。ペニスが腹に当たったり、相手のペニスに当たったり。それでももっとはっきりした刺激が欲しかったのだ。

「エディ、おまえの手が空いてるだろ？」

「え…」

「おまえのと俺の、擦り付けてくれ…」

囁くように云って、耳朶を齧る。

「早く…」

掠れる声に導かれるように、エディは両手でお互いのジーパンからはみ出したペニスをじんわりと握り込んだ。

「あ、はあ…」

エディの唇から熱い息が洩れる。

ロニーの熱い塊に、自分のペニスを擦り付ける。

「あ、もう…」

エディは我慢できずに、ロニーのペニスに白濁したものを飛ばしてしまう。

「ごめん…」

「よく塗り付けておけよ。もう、今すぐでも挿れたい気分だ」

腰に回していた手をエディの奥に伸ばした。そしてその入り口を指の先端で弄った。

「あ…」

「ここも欲しがってるみたいだけど、ちょっときついな」

云いながら、指先を唾液で濡らして少し埋めてみる。

エディは思わずロニーにしがみ付いた。

指を出し入れされるたびに腰ががくがく震える。自分の肩口にエディの熱い息がかかって、ロニーは催促されているような気分になってしまう。

「欲しい？」

エディはこくこくと頷く。

ロニーは口元で笑うと、エディのジーンズを全部脱がせて大きく脚を開く。

「ねだってみせろよ」

「え…」

「ほら…」

ペニスの先端でエディの小さな孔をつつく。

「あ、はや、く…」

しかしロニーはそれには応じず、揶揄するようにペニスを押し付ける。

「どう？」

「ロニー…」

催促するエディは、ロニーにはたまらない。ロニーもエディが欲しいのだが、そこはぎりぎりまで堪えてエディを焦らす。

「こういう微妙な感じも悪くない？」

「わ、悪いよ」

「それじゃあどういうのがいいんだ？」

エディは力なく彼を睨み付ける。

わかってるくせに。全部わかってるくせに。ほんとになんて意地悪なんだろう。

「も、もっと、奥まで…きてくれ、よ」

「奥まで？」

そう云ってぐっと中に押し入る。エディから嬌声が洩れた。が、ロニーは深く押し入ったまま、まだ動こうとはしない。

「エディ、おまえの中ひくひくしてるな。すげーやらしーの」

「ロニー、頼むから…」

もう必死でロニーのものを締め付ける。

「…俺の太いヤツでぐちゃぐちゃに掻き回してほしい？」

その言葉に反応するように、エディは腰を捩った。

「中、擦ってほしいの？」

エディは何度も頷く。

「ロニー、お願い。いつもみたいに、して…」

ポーカーフェイスのエディは見る影もない。ロニーだけが知っている、エディの顔だ。

ロニーはエディの望みどおりに、深く腰を使った。

ロニーのものが奥深くまで打ち付けられ、そしてずるずると引いて行く。エディは無意識にロニーのものを締め付ける。

「うっ…」

エディの柔(やわ)らかな内壁がロニーのペニスに絡み付くと、瞬間エディの顔が快感に歪(ゆが)む。

低い声が洩れて、ロニーはエディの中に入ったまま自分のものを放った。

「やべ…」

思わず片目を瞑って、エディを見た。

「おまえがこんなにすごいと思わなかったから油断した…」

「え…?」

云いながらエディに口付ける。エディはきょとんとしている。それがますます可愛い。

最初は軽く、やがてねっとりと唇を吸う。

「いつ、あんなの覚えた?」

ロニーは自分のものを埋めたまま微妙に腰を揺する。

「あ…」

エディが気持ちよさそうに声を上げた。

「このまま、もう一回やるぞ?」

殆ど萎えていないものを、またエディの中に擦りつける。

エディの表情が快感にとろけた。

「エディ…」

また誘われているとロニーは感じた。エディは無意識に自分を誘う。

エディの中の垣根が少しずつなくなって、快感に素直になっていく。こうなったときのエディはロニーにさえ手がつけられない。知らずにリードされるのだ。

そしてロニーはそれが決して嫌ではなかった。

何度もお互いを貪り合って、もう一度ロニーはエディの中に自分を放った。今度はエディも殆ど同時だった。

ロニーはぐったりするエディを抱き上げると、バスルームに運んだ。

シャワーをかけて、エディの中に放った自分のものを指で掻き出してやる。

「ロニー…」

それは非難ではなく、欲しがる声だ。

「まだ足りない?」

エディは答えないが、それは肯定してるも同然だ。

ロニーは満足げに微笑むと、ふたりの身体に熱いシャワーをかけて汗やら体液やらを洗い流す。

そしてエディの顎を摑むと唇を指でなぞった。

「しゃぶって…」

エディの目がぴくりと動く。が、何も云い返さずにバスルームの床に膝をつくと、ロニーのものを手で摑んで舌で舐め上げた。

「そうそう。上手にできたらおまえのも口でいかせてやるよ」

エディはその言葉に反応したのか、ペニスの裏側に舌を這わせる。

ロニーはそんなエディを見下ろした。こんなエロい顔でフェラをされたらたまらない、と思う。

二人はその後も、くたくたになるほど愛し合った。

そのまま泥のように眠ったエディは、翌日昼まで目を覚まさなかった。


「今日が休みでよかった…」

まだベッドから起き上がれないエディは、ロニーにペットボトルの水を渡されるとぼそっと呟いた。

「…俺は休みだから多少は無理はいいだろうって思ってやったんだけどな」

「へっ？」

「俺、おまえほど見境なしになれないよ。だいたいふたりで遅刻してったら、絶対俺だけ責められる

んだからな」

　エディは真っ赤になった。ロニーの云うことに反論できないのだ。

「それはともかく、昨日後回しにした件だけど」

「あ、うん…」

　エディは慌てて起き上がろうとする。

「いいよ。そのままで」

　ロニーに云われて、エディは上半身だけ起こした。

「その前に、例のアパートはもう他の誰かが住むことになったらしいから」

「あ…」

「残念だけど、諍(いさか)いの種になることを考えれば仕方ないなと」

「…ごめん。せっかくいろいろしてくれたのに…」

　エディは謝った。ロニーの目が少し優しくなった。

「考えたんだけど…」

　ロニーはベッドの端に座った。

「おまえって、付き合う前にそのうんと先まで考えちゃうタイプだろ？」

「え…」

「この先うまくいくんだろうか、とかなんとか。それで、俺とだとどうなるとかわからなくて不安。

そうじゃないの？」

ロニーの云うとおりだった。

「…まあ、確かに」

「俺は考えるより先に、さっさと付き合っちゃう方。寝てみて付き合ってみて、ああこりゃ間違ったななんてことはしょっちゅうだけど、おまえはそのへん慎重というか、自分の中で充分に熟さないと始めない。そういうことなんだろ？」

そう云われればそうかもしれない。

「ま、仕方ないか」

エディは慌ててロニーを見た。彼があっさりそれを受け入れるとは思わなかったのだ。

「ロニー…」

「そういうのって性格だからどうにもならないだろ」

ロニーの言葉とは思えない。

「ま、おまえはおまえのやり方でやればいい。けど、俺もそうさせてもらうから。おまえと寝たいときは強引に誘うし、おまえが俺から離れられないように骨抜きにしてやる」

にやりと笑うと、真っ赤になっているエディにキスをする。

「おまえもいろいろ葛藤はあるんだろうけど、俺に骨抜きにされるのは嫌でもなさそうだし」

「そ、それは…」

エディはどちらかというと淡白だと自分では思っている。ずっとセックスなしでもけっこう平気な方だ。それでもいったん火をつけられると、もうどうしようもない。ふだんセックスレスでも平気な分の反動が出てしまうのだろうか。

昨日の夜の自分を朧げに覚えているが、あれが自分の本性だとは簡単には認められない。それでも否定もできない。

それなら、自分がどうやって折り合いを付けていくのか考えるべきなのかもしれない。

「だからさ、とりあえずはお試し期間ってことで、どうだ？」

「ロニー…」

「悪くない話だと思うぞ」

正直ロニーがここまで譲歩してくれるとは思ってなかった。

「おまえのこと手放したくないから、ここはひとつ寛大になろうと思ってるんだ。そのへん、おまえも汲み取ってくれるだろう？」

「…うん」

ロニーの顔がぱっと晴れる。

「OK？」

エディは小さく頷くと、自分からロニーに口付けた。

「エディ…」

「ごめん。なんか頭固くて…」

「いや、いいよ。意外性があって」

ロニーは微笑んで、キスを返した。


ロニーとの関係はまだ一歩引いたような部分が残っていたが、事務所にはそれなりに慣れてきたころカーラから一本の電話があった。

『エディ、貴方にぜひ頼みたいことがあるのよ』

彼女の声は切羽詰まっていた。

「カーラ?」

『詳しい話は会ったときにするわ。これからピートとそっちに行くから』

「そっちって?」

『サンフランシスコ。今空港に向かってるところよ』

「え…」

カーラはかいつまんで説明すると、サンフランシスコ空港に着いたらまた連絡すると云って電話を切った。

「大変だ…」

エディは口の中で呟くと、慌ててアーネストの部屋に向かった。

カーラの話とは弁護の依頼だった。サンフランシスコ在住のカーラの幼馴染みのジュディ・ハリスが、殺人容疑で起訴された。

容疑者はアフリカ系の女性で被害者はヒスパニック系の女性だ。ふたりは恋人関係にあって、被害者はＨＩＶの末期患者だった。

同性愛者とエイズ。十年前ならメディアがこぞって取り上げたであろう事件も、今では誰も殆ど関心を示さない。それでもエイズの末期の悲惨さは何も変わらない。

「詳しい話はまだこれからだけど、引き受けたいと思う」

「ああ」

アーネストは当然のように頷いた。

「できれば、この依頼は事務所に対してじゃなくて僕の持ち込みってことにしたいんだけど」

エディは遠慮がちに云った。

「時間中はちゃんと事務所の仕事をするけど、それ以外をこの件に充てようと思うんだ。もちろんその分の残業代はもらわないし、調査費とかはちゃんと払うから…」

「エディ」

「ほんとはカーラが担当したいんだと思う。けど、そういうわけにもいかないし」

カーラはＬＡで仕事がある。かけ持ちできるほどサンフランシスコは近くない。彼女は今の仕事で手いっぱいなのだ。

現在容疑者の代理人になっている公選弁護人は，キャリアも浅く殺人事件を担当するのは初めてらしい。公選弁護人事務所がこの件に力を入れるつもりがないのは明らかだ。彼らに任せておけないと判断して、カーラはエディに依頼したのだ。

電話のカーラの声は震えていた。彼女にとって大事な友達なんだろう。

しかし彼女には子供もふたり居るし、特に金銭的に余裕があるわけではない。エディは彼女の力になりたかった。

「…費用は彼女たちと話し合って、無理のない範囲できみが決めればいい。それで事務所の仕事として請け負う。いいな？」

「アーニー…」

「とりあえず、俺も一緒に話を聞くよ」


アーネストと一緒に事務所で出迎えたときに、カーラはこんな大変な状況でありながら、一瞬アーネストに見惚れた。それでもすぐに現実に戻って、彼らに説明を始めた。

「公選弁護人の話では、ジュディは殺したことを自分で認めているらしいわ。看病に疲れて殺したって。通報でかけつけた警察官にも自分でそう云ったって。ただそれ以外は何も話さない」

「直接の死因は？」

「…銃よ。ジュディが自分で買ったものよ」

エディはふっと眉を寄せた。

「いつ？」

「事件のひと月前。検察は計画的だったと主張するでしょう」

「それは…」

「ええ。第一級殺人になるわね」

カーラは厳しい口調で云った。

「公選弁護人が資料を回してくれることになってるの。これからもらいにいくつもりよ。その足でジュディと面会するわ」

エディは黙って頷いた。

「けど、貴方がこんな立派なファームに居てくれて助かったわ。そうでなきゃボスに頼んで誰か紹介してもらうしかなかったわけだから」

「カーラ…」

「あ、費用のことは心配しないで。ピートとも相談して家を抵当に入れることにしたの。だからまとまったお金を借りることができると思う」

ずっと黙って彼女を見守っているピートが強く頷いた。それを見て、エディはちらとアーネストを見た。

「その件でしたらあまり心配なさらずに。あとでエディが詳しい話をします」

アーネストが涼やかに微笑む。カーラはまたうっかり見惚れてしまう。

「えーと、とにかくジュディと話さなきゃ」

カーラは慌てて立ち上がる。

「こんな形ですが、エディが世話になった方にお会いできてよかった」

アーネストは優雅に握手を求めた。

カーラはすっかりのぼせ上がったように、握手に応じた。


「エディ、まだ云ってないことがあるんだけど…」

公選弁護人事務所に向かう道で、カーラが云い難そうに切り出した。

「…公選弁護人の話ではジュディは弁護士を付けるのを拒んでるらしいの。私たちと話をすることも拒んでる」

「え…」

「それと、彼女は今病院に居るの。自殺しようとして失敗したって」

「カーラ…」

「もちろん、ちゃんと説得するわ。彼女は最愛の人が死んでしまって自分も死にたい気分になってると思うの。情熱的な人だから」

「…カーラは彼女が同性愛者だって知ってた？」

「ええ。ハイスクールのときに彼女が打ち明けてくれたから」

なるほど、それで自分のこともすんなりと受け入れてくれたんだとエディは思った。

「カーラ、ひとつ訊きたいんだけど」

エディは疑問に思っていたことを口にした。

「ジュディときみたちは幼馴染みだって云ってたけど、幼馴染みのために家を抵当に入れてまでして助ける？　彼女には家族はいないの？」

カーラはちらと夫を見た。

「彼女の両親は彼女が六歳のときに離婚しちゃってそのあとは母親と二人で暮らしてた。けどハイスクールに入る前の年に母親に男ができて、彼女を置いて出ていった。彼女は成績優秀だったから、奨学金でハイスクールに進んだの」

「付き合い、長いんだ？」

「ええ。一時ピートの弟がぐれて悪い仲間に誘いをかけられたことがあったんだけど、ジュディが一番にそれに気づいて仲間と手を切らせたわ。私やピートがいくら云っても反発してまったく受け入れなかったんだけど、ジュディが時間をかけて説得してくれたのよ。その後もずっと気にかけてくれててね。今は彼も小学校の先生よ。ピートはジュディに返せない恩を感じてるわ」

ピートは深く頷いた。

「彼女の危機を救うなら家くらい失っても何でもない。弟は今はワイフの故郷のオーランドに住んでるんだが、ワイフの母親が入院していて大変なときだから、あまり心配はかけたくないんだ」

「…そうなんだ」

　エディはその話を聞いて、自分が何とかしなければとますます気持ちを強くした。

「ジュディはハイスクールを出て縫製工場に就職したの。デザイナーになるのが夢で、働きながらデザインの勉強もしてた。ちょうど私たちが結婚した直後に、仕事を紹介してもらえる機会があってシカゴに行ったわ。仕事はうまくいってたみたい。何度か遊びに行ったけど、仕事が楽しくて仕方ないって感じだった」

「いつからサンフランシスコに？」

「それが…、まだシカゴに居るとばかり思ってたのよ。この二、三年ほど連絡取ってなくて…。何度か電話したんだけど、電話が通じなくて。気にはなったんだけど、向こうはこっちの連絡先はわかってるはずだからそのうち電話あるだろうって思って、そのままになっちゃってて」

　カーラは自分が忙しさにかまけて引っ越し先を調べようともしなかったことを後悔していた。

「近くに居たのに、どうして連絡してくれなかったのかしら…」

「カーラ…」

「とにかく話を聞いてみないと」

　ピートがそう云ってカーラを励ます。エディも頷いた。

なんとかジュディと会うことはできたが、彼女はエディがカーラの話から想像していたのとかなり違っていた。目は輝きを失っていて、痩せてげっそりしている。カーラよりふたつ年下だと聞いているがずっと年上に見えた。

ピートの説得でなんとか弁護士を替えることは納得させたが、事件に関してのことは彼女は何も話そうとはしなかった。

罪状認否までに彼女とじっくり話をしなければならない。しかし時間があまりない。

エディはカーラと公選弁護人から預かったジュディの資料を時間をかけて読んだ。

しかし、そこから事件の本質は何も見えてこなかった。

「カーラが来てたんだって?」

残業しているエディの部屋に、ロニーがスタバのカプチーノを持って入ってきた。

「アーニーから聞いたよ。俺が手伝えればよかったんだが…」

「ロニー…」

「こっちももうすぐ公判だからなあ。誰かサブに付いてもらうのか?」

ロニーがこんなふうに気遣ってくれるとは思ってなくて、エディは思わずじんときた。

「ひとりで大丈夫だよ。公選弁護人事務所なら当然ひとりで担当する事件だ。それにアイリーンが手伝ってくれることになったから…」

「彼女なら頼りになるな」

アイリーンはベテランのパラリーガルだ。徹底した仕事ぶりでロニーもよく助けられている。

「知ってる人間が関係してる事件は厄介だ。しかも殺人事件ともなれば」

「同情で判断が鈍くなる？」

「それは身内の事件だけとは限らない。身内の事件じゃなくても同情で判断が鈍る奴はいるだろ、うちの事務所にも」

エディはちょっと苦笑した。

ニックは少し前の裁判で、依頼人に同情するあまり完全に判断が鈍って大敗したのだった。さすがにアーネストもこのときばかりは見過ごすことはできずに、部屋に呼んでこんこんと説教したという話だ。

「それよりも受けた方にかかるプレッシャーの問題だ」

ロニーはエディを心配しているのだ。

「特にカーラの名指しで彼女の大切な幼馴染みともなれば、相当な負担になると思う。いっそ他の、たとえば聡一にでも頼んだ方がよくないか。あいつはここの事務所の中では誰よりもクールだろ？あいつならおまえの親友の親友なんてケースでも、淡々と扱ってくれるんじゃないか」

聡一のことがロニーの口から出ると今でもほんの僅かだが引っかかりを感じてしまう。

もちろん聡一とニックの関係を見れば、ロニーと付き合っていたのはすっかり過去のことで、当のふたりはもうまるで関係がないことがわかるのだが。むしろ、ただのセックスだけの関係なのに付き合ってたなんて云わないでくれとクレームさえ付きそうだ。

しかしそんな些細なことさえ、エディの気持ちの中ではまだ解決ができていないことなのだ。そのことを解決できないままに、エディは何も気にしていないふりを続けている。

「…実はアーニーからもそれは云われたんだ。ロニーか聡一に頼めばどうかって」

「だったら…」

「けどやっぱり僕がやるよ。最初からわかった上で引き受けたことだから」

「そうか」

「LAじゃ胃が痛くなるようなケースばかりだったし。僕もけっこうタフなつもりなんだけど」

「それは知ってる」

冗談交じりに云ったエディの言葉を、ロニーはあっさりと肯定した。

「ただいくらタフでも、プレッシャーには変わりない。他に代わってもらえるならそうした方がいいと思っただけだ。おまえができないと思ってるわけじゃない」

それは素直に嬉しかった。ロニーに自分の仕事を認められるのは何よりも嬉しい。

「何か行き詰まったときはいつでも相談しにこいよ」

「あ、うん…」

「精神的にまいることもあるだろうから、そういうときは…」

デスクに手をつくと、身を乗り出してエディに口付けた。

「わ、ロニー…」

「俺が居ること、忘れんな」

ふっと微笑して、エディの目の下に軽くキスをする。

エディはこのくらいの距離で付き合えたらいいのにとぼんやりと考えていた。


「ジュディ、話してくれないと何もできないよ」

翌日、エディは入院しているジュディをひとりで訪ねた。

「だから何もしなくていいと云ったでしょう。検察が云うのを受け入れればいいわ」

彼女は淡々と返す。まるで他人事(ひとごと)だ。

「銃はきみが買った？」

「そうよ。ひと月前にね」

「…ラウラの生命保険の受取がきみになってることは知ってる？」

「ええ。それで保険金目当てというのも動機に入ったのかしら？」

「たぶんね」

ジュディは鼻で笑った。

「素敵。それじゃあ保険金目当ての計画殺人ってことね」

「それを認めるのか？」

「なんでもいいわ。とにかく私が殺したのよ。私がラウラを殺したの」

彼女の目が一瞬辛（つら）そうに曇った。

「今云った通りだと極刑（きょっけい）の可能性も出てくる。それでもいいのか？」

「さっきからいいって云ってるんだけど？」

取り付く島もない。

しかしそれが却（かえ）ってエディには何か彼女が隠しているように思えたのだ。

「具合はどう？」

「最悪だわ。ずっと頭痛が引かない」

ぶすっと答える。エディは苦笑を洩らした。

「もう放っておいてほしいわ。人が死のうとしてるのを勝手に助けておいて、今度は私を死刑にしようって云うんだから。だったら最初から助けたりしてなきゃ手間もお金もかからないのにね。警察ってバカね」

「死にたいの？」

彼女はそれには答えなかった。あんたなんかに何がわかる、彼女の目は敵意に満ちていた。

カーラたちと一緒だったときにはここまで拒絶する雰囲気はなかった。が、ジュディは最初から弁護士にこの事件を委ねるつもりなどなかったのだ。

「それより貴方にお願いしたいことがあるわ」

ジュディは一枚のメモをエディに差し出した。

「銀行の貸し金庫の番号。鍵はアパートにあるわ」

「貸し金庫？」

「十万ドルはあると思う。全部現金ではないけど。それをカーラたちに譲る手続きをしてほしいの。貴方への弁護士費用はそれで払えるでしょ。彼女たちに迷惑はかけないわ」

「お金があるならどうして弁護士を…」

そこまで云ってエディは気づいた。ジュディはこの裁判で闘う気がないと云っているのだ。

「本当は今でも貴方を解任したいと思ってるの。それは貴方が気に入らないとか、そういう問題ではまったくないのよ。むしろ優秀な弁護士さんには、もっと前向きないい仕事をしてほしいと思ってるくらいよ」

事件の質問を無視したときとはまるで違う、優しい口調だった。

「けど、それでカーラたちが後々自分を責めることになったら私も辛いから、形だけでも彼女たちの提案を受け入れることにしたの。手を尽くしたけど仕方なかった、そう思ってくれれば諦めも付くと思うのよね」

ジュディは静かに云った。こんなふうに自分の未来を閉じている人間を、説得することなどできるんだろうか。エディは俄に不安になった。

結局、その日ジュディはラウラとの関係さえ話さなかった。

エディは帰りにジュディがラウラと住んでいたアパートを訪ねた。殺人現場にもなったそこに、警察の許可を貰って入る。

ジュディが話さない限り、自分で手がかりを見つけなければならない。しかし、エディにはまったくお手上げ状態だった。カンも働かない。

久しぶりの敗北感に打ちのめされて、諦めて事務所に戻った。


アイリーンと調査員の努力の甲斐あって、少しだけ事件の外郭が見えてきた。

被害者のラウラはジュディより六歳年下のヒスパニック系だ。ふたりはシカゴで知り合い、一緒にサンフランシスコに移ってきた。

ラウラは一度結婚していたが、二年で別れた。そのときの夫からＨＩＶを感染された。三年前に発病してからは、ジュディも仕事を減らしてずっと看病していた。隣人や病院の看護師の話では、ジュディの看護は実に献身的だったと。治療費もジュディが殆ど面倒を見ていた。

そのことを病院の関係者に証言してもらえたら、ジュディが看護に疲れてそして愛する人間に同情

して発作的にやったことだと云うことができるのだ。しかし当のジュディがそれを否定するのであれば、どうしようもない。

ラウラの生命保険に関しては、彼女が結婚したときに加入したことがわかった。最初は夫が受取人になっていて、離婚後はずっと空欄だった。死亡時の保障よりもむしろ障害や病気に対する保障のためだと友人にアドバイスされて自分で掛け金を払っていた。

受取人がジュディに変更されたのは一年ほど前だ。ラウラが発病して働けなくなってからは、掛け金はジュディが払っていた。そのことの意味を陪審員がどう受け取るかは、容易に想像が付く。

まさに八方塞がりだ。

カーラは三日と空けず様子を聞くために電話してくる。カーラにすれば本当は毎日でも連絡が欲しいところだろうが、エディのことを考えて我慢しているのだ。

エディにしても彼女の心配がわかるだけにぞんざいにもできない。

「こういうの、経験ある？」

エディはすっかり弱気になっていた。ロニーのアパートに来ているのに、話はずっと裁判のことばかりだ。

「死刑になりたい依頼人というのは、公選やってるときに一度担当したな。ただ同情の余地もないような奴だったから、こっちにはプレッシャーはなかったからなあ。何人も殺した挙句、自分のせいじゃなくて世間のせいだ、刑務所は嫌だから死刑にしろとか云ってたくらいだ」

エディは溜め息をついた。

「…僕の中に、死にたがってる人を助けることが果たして正しいのかって疑問があるんだ」

「おいおい、おまえがそれを云うとは」

「僕はカーラやピートのために彼女の罪を軽くしようとしてる。けどそれがジュディのためになるんだろうかって。僕の依頼人はジュディなのに」

ロニーは黙って立ち上がると、ブランデーをグラスに注いだ。

「俺らの仕事は依頼人の利益を守ることだ。それはつまり、彼女の命を守ることでもあるんじゃないのか」

エディははっとしてロニーを見た。そんな彼にロニーはグラスを差し出す。

「少なくとも、俺の解釈はそう」

自分の分をグラスに注ぐと、エディのグラスにかちりと当てて少し飲んだ。

「彼女が自殺したがってるとか、それが許されることか許されないのか、そんなことは関係ない。どうしても自殺したいなら仮釈放が下りるまで待てばいい。そのときどうしようと俺ら弁護士には関係ない。それは彼女の人生だからな」

ロニーのグラスの氷がかちりと音を立てて割れた。

「ただ自分が担当する事件に関しては、より軽い刑を勝ち取るために最善を尽くす。依頼人の思惑がどうあれ。それが俺のやり方。おまえはおまえで、自分がいいと思うやり方でやればいい」

微笑むと、くいとグラスを空けた。

エディは霧が少しだけ晴れたような気がした。


その翌日、エディはジュディから頼まれた財産譲渡の書類を作って持って行った。彼女に少しでも歩み寄ろうというつもりだった。

そのとき、ラウラの元夫のマリオが弁護士を伴ってやってきた。

「召喚状です。サインをください」

「召喚状？」

ジュディの顔が俄に曇る。

「こんなところまで何をしにきたのよ」

「とにかくサインを」

弁護士の方が催促する。エディがジュディに代わって受け取ろうとする。

「あんたは？」

「彼女の弁護士です。中を拝見します」

ちらと彼女を窺う。ジュディは黙って頷いた。

さっと目を通したエディの眉が寄る。

「なんだ、これは…」

「なんだじゃないだろう。保険金の受取人は俺になってるはずなのに、この女がラウラを騙して書き換えさせた」

ジュディの目に激しい怒りの色が宿った。

「ラウラは薄汚いレズなんかじゃないのに、おまえが彼女を騙してレズの世界に引き摺りこんだ。彼女は俺のワイフだったのに。おまえは俺から彼女を奪った上に保険金欲しさにラウラを殺したんだ。俺のラウラを返せ！」

ジュディの手が震えていた。

「あんたがラウラをＨＩＶに感染させたくせによくもそんなことが」

激昂して叫ぶジュディの前にエディがそれとなく立った。彼女が必死に怒りを押し殺そうとしているのがわかったからだ。しかしマリオの暴言は止まらない。

「俺が感染したなんてのはラウラの嘘だ。俺がラウラから感染されたんだよ。その証拠に俺はまだ発病してないだろう」

ジュディが飛びかかりそうになるのを、エディが間に入って止めた。彼女は血が出るほど強く唇を噛み締めた。

「この人でなし。あんたが自分が感染していることをラウラに云わなかったせいで、彼女は初期治療を怠ったのよ。もっと早くから治療を開始していれば、まだ発病してなかったかもしれない。あんたがそうしたようにね」

「なんだと？」

気色ばんだマリオを弁護士が慌てて止めた。

「ラウラは薄汚いレズの女にエイズを感染されて、それを俺に感染したんだよ。そうに決まってる。だから俺にはラウラの保険金を貰う権利があるはずだ」

ジュディが反撃しようとするのを手で制して、エディはちらとマリオの弁護士を見た。

「今云ったことはちゃんと覚えておくよ」

相手が渋い顔をするのを目の端に留めて、エディは彼らを病室から追い出した。

「なんてこと。ひどすぎるわ。ラウラはあの男のせいでエイズになったのに」

「弁護士が悪知恵を付けたんだろう。気にすることないよ。あんな云い分、判事が通すわけない」

「…けど召喚状が…」

「ただの脅しだよ」

「…あんな奴に保険金を渡すつもりはないわ。そんなのラウラが浮かばれない。あいつは浮気がバレてラウラが別れると云ったときにはすぐに離婚に応じたくせに、その女に逃げられてからまたラウラに付きまとい始めたのよ。それをラウラがきっぱりと拒絶したもんだから、それを根に持って自分がＨＩＶのキャリアだってことがわかってもそのことをラウラには知らせなかった」

　確かに自分で検査をしなかったラウラにも非はある。それでもマリオが注意を促してくれていればと思うと、ジュディは怒りが込み上げてくる。

「それにラウラは浮気だけで離婚したわけじゃないわ。彼女に暴力も振るってたのよ。それだけの仕打ちをしておいて…。こんなの絶対に許せないわ」

　彼女は悔しそうに唇を噛み締める。

「彼女を愛してたんだ」

「今でも愛してるわ」

　彼女の目は真剣だった。

「だから彼女と一緒に逝きたいと？」

「悪い？」

　エディには何も云い返せなかった。

　ＨＩＶの恋人を何年もずっと看続けて、死が常に身近だった彼女の気持ちが、自分にわかるわけがない。

「それはきみの自由だ…。けど死刑によって死ぬということをラウラは哀しむんじゃないかな」

　ジュディの顔が辛そうに歪んだ。

「だって、二度も失敗したんだもの。誰かに殺してもらうしかないじゃない」

　その言葉に、エディは一瞬引っかかった。が、そのときは深くは追及しなかった。

「私には身内が居ないから、私が死刑になったところで、それによって社会的制裁を受ける人間は居ないわ」

ジュディはふっと嘲笑を洩らす。

「ラウラにも家族は居なかった。彼女は家族を欲しがっていた。それで、あんなろくでなしと結婚しちゃったのよ。彼女はバイだけど、男と付き合っても精神的にも肉体的にも満たされたことはないって云ってたわ」

「彼女はきみと居て、満たされてたんだ」

「ええ、そう思うわ。私もそうだったから」

「……」

「貴方、末期のエイズがどんなものか知ってる？　あれはひとつの病気じゃないの。いくつもの病気の巣よ」

エイズは二十一の病気の状態をさすと云われる。いくつもの病気の症状が重なって起こるのだ。まさにあらゆる病気の巣窟となる。

「私たちはふたりきりだった。友達も遠ざかっていったわ」

「カーラは今でもずっときみを心配してる」

ジュディはちょっと目を細めた。

「ええ、そうね…。でもシカゴで辛い目にあったから友達を頼るってことがもうできなくなっていたのよ」

「辛い目？」

ジュディは小さく頷く。

「レズビアンはね、誰よりもエイズ患者に冷たいの。もちろん例外はあるけど。レズ同士でＨＩＶに感染するケースはきわめて低いから、自分たちが神から選ばれた特別な存在だと思えるのね。それでシカゴでは仲間から疎外された。ラウラは穢れた存在だと云われたのよ」

エディはそういう話をいくつか聞いたことがあった。実際にレズビアンのコミュニティの中でＨＩＶ感染者の立場はホモセクシュアルとは比較にならないほど厳しい場合があるのだ。

「具体的に何かをされるわけじゃないのよ。ただ無視されるの。あれは辛かった。ホモの男性の方がよほど親切にしてくれたわ」

「それでサンフランシスコに？」

「そうね。ちょうど仕事もこっちで紹介してもらえることになったし」

「冬もシカゴに比べたら天国だ」

「シカゴに住んだことあるの？」

「いや。『ＥＲ』で見たくらいだけど」

彼女はちょっと呆れたように、それでも静かに笑った。

「ラウラは強い人だった。自分の人生を恨んだこともなかったわ。病気になんか負けない。いつもそここまできたら検死報告書を見せてもらうより他に手がかりはなかった。

それでもエディは気になったことを調べることにした。

マリオの一件はなんとかジュディに話をさせるキッカケを与えてくれたが、それでも彼女は肝心なことは何も話そうとはしなかった。話してくれたのは、ラウラのことだけだった。

事件によっては被告側弁護人に検死結果を見せてくれない場合もけっこうある。公選弁護人事務所に居たときから、エディはこの不公平さを何度訴えたかわからない。

それでもこの事件に関しては、被告が自白しているせいか検察も証拠を隠したりはしていなかったようだ。なにしろ検事補にとっては楽勝間違いなしの訴訟だったからだ。

しかしエディはその中に重要な事項をいくつも見つけ出した。

「検死報告書によれば、他殺と云い切ることはできないとなってるんだ」

エディはアーネストの部屋で彼とロニーのふたりに相談していた。

「つまりラウラの自殺である可能性も否定できないと」

「ジュディが自白したんだから、可能性はないと結論付けたんだろうな」

ロニーの言葉にエディは小さく首を振った。

「僕は最初からそのことが一番納得がいかなかった」

う云ってた…」

「どういうことか説明してくれ」

アーネストは肘をついて両手を顔の前で組んだ。

「ジュディは二度自殺に失敗したと云ったんだ。一度は留置所でなんだけど、もう一度はもしかしたらラウラが死んだ直後に後を追うつもりじゃなかったんだろうかって」

「それが立証できれば少なくとも保険金目当ての殺人の線は消えるな」

「それは最初からないと僕は思ってる」

「…彼女が殺してないとエディは思ってるわけか?」

「保険金目当てじゃなくても、彼女を苦しみから救おうと殺したってことは否定できない。それで後を追うってのは充分に考えられる」

アーネストとロニーの両方から云われて、エディは状況を整理するために目を閉じて眉間に指を当てた。

「…ラウラは床で死んでいたんだ。彼女が可哀相で見ていられなくて殺したんなら、ジュディはベッドに寝ているときに撃つんじゃないかな」

確かにそれが自然だ。

何よりジュディは今でも深くラウラを愛している。それならば、寝ているときにそのまま逝かせてやろうと思うはずだ。

「気になることはもうひとつある」

　エディは目を閉じてジュディとの会話を思い出していた。

「彼女はこう云ったんだ。僕が『死刑で死ぬことになったらラウラは哀しむんじゃないか』って云ったら、『だって、二度も失敗したんだもの。誰かに殺してもらうしかないじゃない』って」

　ふたりの顔が僅かに変わった。

「確かに引っかかるな」

「ああ。けど、不自然というほどではない」

　ロニーの云うとおりだ。ジュディはずっとこの問題には他人事のような話し方をしていた。今度もその延長なのかもしれない。

　それでも、弁護士のカンとして引っかかるのだ。そしてそれはアーネストもロニーも同じだったのだ。これは大事なことだ。

「僕の仮説はこう」

　エディは緊張を解すようにゆっくりと息を吐いた。

「ふたりは命が尽きるときまで生き続けると誓っていたし、そのつもりだった。けど、エイズの残酷さの前でそれは困難だった。ジュディはラウラの最後の日のために銃を買っておいた。彼女の死を見届けて自分もその後を追うために。しかしラウラは病気のせいで判断能力が鈍り発作的に自殺する。それをジュディが止めようとして揉み合う。が、結局ラウラは自殺を果たす。ジュディは後を追うつもりだったが突然のことで気持ちの準備ができず躊躇しているうちに隣人の通報によってかけ付けた警察官に阻止(そし)された」

　エディの仮説にふたりは黙り込んだ。ひとつの仮説ではあるが、意外に穴がない。

「ジュディと話をしなきゃ…」

　立ち上がったエディをロニーが制した。

「エディ、彼女がそれでも否定したらどうする？　いっそカーラに打ち明けて一緒に説得した方がよくないか？」

　ロニーの意見にエディも迷った。説得する自信はあまりなかったのだ。

「…けど、カーラたちが居てもそれでもジュディが否定した場合、カーラを傷つけることになるかもしれない」

　エディは困ったようにアーネストを見た。縋(すが)るような目で見られて、思わず苦笑する。

「ジュディがどれほど否定してもカーラは仮説を信じるだろう。そしてそれでもジュディが否定すれば、どちらも大きな傷を負う。それくらいエディの仮説は説得力があるからな」

「エディは自信ないのか？」

　揶揄うようにロニーが云う。エディはちょっとむっとしたが、それでも認めざるを得ない。

「自信はないよ」

「なら、アレしかないだろ」

　ロニーの視線がアーネストに向いた。

「神父(しんぷ)のアーニーの出番じゃないの？」

「なんだ、そのセンスのないネーミングは」

「ニックが云ってたんだよ。もしくは和解の神様」

「そっちもずいぶんだな。それもニックか？」

「こっちはジャック。あいつらファッションセンス以外はまるでないから」

ふざけるふたりに、エディは熱い視線を送った。

「そうだよ。アーニーが居たよ！」

アーネストはその完璧(かんぺき)な美貌と計算された口調と美声と、そして美しく組み立てられた論理で、どんな相手でも説得してしまう。ときには強引にときには優しく、説得し誘導するのだ。

「そうそう。あの催眠(さいみん)術みたいな、薬盛ったみたいなやばいやり方で、アーニーに説得してもらえよ」

「ロニー、きみは人を誉(ほ)めるのがうまいな」

にっこりと微笑む。

「アーニー、一緒に来てくれるよね？」

アーネストは降参(こうさん)のポーズを取った。

「そういう捨てられた仔犬(こいぬ)みたいな目で見られるのが一番弱いんだよなあ。フェロモン垂れ流しの美女よりも、お高くて冷たい女の流し目よりも、一番効く」

「なるほど。今度ヴィクターに教えておいてやろう」

それを聞いてエディは思わず吹き出す。あのヴィクターが仔犬のような、それも捨てられた、そんな目をしてるのを想像しただけで笑いを止められない。

「エディ、おまえが笑うか？　おまえ自分が仔犬って云われてるんだぞ？」

「キュートって意味だよ。最大級の誉め言葉だ」

アーネストはそう云ってロニーをちらと流し見る。

「アーニー、ロニーなんか放っておいて出かけようよ」

いつの間にか笑いを引っ込めたエディは、ばたばたと準備を始めた。

ジュディはアーネストが病室に入ってきたときに、その美貌のあまり大天使がやっと自分を連れに来てくれたのだと錯覚した。

「所長のアーネスト・ヤングです。ご挨拶(あいさつ)が遅れまして」

ジュディは眩(まぶ)しそうに目を細めた。

「ジュディ、今日はちょっと僕の話を聞いてほしい。そして違うなら違うと云ってくれ」

エディはそう前置きして、話し始めた。

エディの仮説を聞くうちに、ジュディの顔は強張(こわば)り手も震えてきた。

それでもジュディは絶対にそれを認めようとはしなかった。

「エディ、彼女のために飲み物を買ってきてくれないか」

ずっと黙っていたアーネストが、なにげなく口を挟んだ。

「え…」

「グレープフルーツのフレッシュジュースがいい。エディ、頼めるな?」

ふたりきりにさせろという合図なのだ。エディはしぶしぶそれに従った。

「さて、ジュディ。少し話したいんだけどいいかな」

アーネストが穏やかで優雅な笑みを浮かべて話し始めた。


エディが病院の売店でやっと見付けたジュースのパックを手に病室に戻ってきたときには、ジュディがアーネストにしがみついて泣いているところだった。

「アーニー…」

「エディ、なんだその安物のジュースは。フレッシュって云っただろう?」

エディが握っているジュースのパックを見て、アーネストは首を振った。

「いちおう果汁一〇〇パーセントなんだけど…」

「エディ、フレッシュってのは絞りたての意味」

そんなムチャな要求をこんなところでされても…とエディが困惑(こんわく)していると、ジュディがそのパックを受け取った。

「いいの、アーニー。エディ、ありがとう」

涙を拭いながら、ジュディが笑っていた。

「ごめんなさいね、エディ。ずっと本当のことが云えずに…」

「え、いや…」

「ラウラは熱心なカソリックだったから、自殺は絶対にしないっていつも云っていたの。どんなに辛くても自分からは死なないって。だから私にはとても云えなかった。彼女の名誉に関わることだもの。けどそれと同じくらい嘘もいけないのよね」

エディはこきっと直線的に首を動かして、アーネストを見た。すると、彼はにこにこ笑っている。

エディは仕方なく、またこきっと顔の角度を戻した。

「…カーラがきっと喜ぶよ」

「ええ。私が自殺を失敗したのは、ラウラが生きろと云ってるからだって。アーニーが云ってくれたわ。まるでラウラの声が聞こえたみたいだった」

催眠術というよりはもう魔法だなとエディは内心溜め息をつく。そしてアーネストに耳打ちした。

「アーニー、今度呪文(じゅもん)教えて」

「うちは処女しか弟子(でし)に取らないんだ」

アーネストがにやりと笑ったのを、ジュディは見逃さなかった。

「処女って?」

「エディはもうバージンじゃないんだよなあ」

「アーニー！」

「え、エディって……」

エディが舌打ちしてアーネストを睨む。彼は涼しい顔で微笑み返した。

その中でジュディが云った。

「…エディって、女の子だったの？」


なんでそーなる…。

エディはそういうニュアンスの気持ちで突っ込みたかった。

「ジュディが天然ボケキャラだったとはねえ」

事務所に戻る車の中で、エディはしみじみと云った。

「ニックといい勝負なのかも」

「それはいくらなんでも彼女に失礼じゃないか」

そう云ってアーネストは明るく笑う。

ジュディはエディがゲイだと打ち明けなかったことを責めたが、そんなことを云い出せる空気ではなかったと弁解した。

実はエディもそれを話の取っかかりにしようかと思ったこともあったが、逆に同性愛者だからって私を理解できるなんて思わないでなんて云われそうな空気だったので、口に出せなかったのだ。

彼女はそれをわかってくれたようだった。

そして、ふたりはその足で検察に向かい、担当検事補と話をした。

「公判に持ち込みたいのなら受けて立つが、本当に必要な裁判かよく考えてほしい」

アーネストはこっちもまた丸め込みにかかっていた。

「アーニー、大活躍だったね」

「まったくだ。いいかげん、疲れたよ」

「ごめん。ほんとは僕が全部ひとりでやるべきところを…」

「ま、いいさ。それよりちょっと調べてみたいんだけど、ジュディって『ＬＪ』ってブランドのデザイナーらしいぞ。ここ一、二年新作を発表してなかったから、幻のとか呼ばれてるらしい。知り合いのデザイナーに訊いてみたら、業界でもかなり注目されてたって」

「へえ。ＬＪってラウラとジュディってことなんだろうね」

「たぶんね。それでどうだろう。うちの今回の依頼料は、彼女の今後のライセンス契約をうちが仕切るってことで帳消しにするというのは」

「アーニー、デザインも手ぇ出すの？」

「ジャックが興味持ってて、けっこう勉強もしてる」

「ふうん…。まあアーニーがそう云うなら」

エディはそれが将来どういうことになるのか、深く考えもせずに適当に返事をした。

「決まりだな。今度はきみが説得してこいよ」

「え、僕なの？」

「今日のお返しだと思って」

エディはまあいいかとこれまた適当に頷く。

「それにしても、やっぱり抜け目ないね」

「ま、経営者ですから。お金が取れるところは取っておく。きみたちのお給料も払わなきゃならないんだからさ」

わざとらしく溜め息をついてみせて、車をガレージに入れた。

「そうそう、きみが今居るペンション、事務所が負担するのは先月いっぱいだよ。今月分は自分で払うこと。ちゃんと云っておいたよな」

「そうだった…」

エディは真っ青になった。

一泊二十五ドルは確かに安いが、それでもひと月だと七百ドルになる。冗談ではない。今日にでも出なければ。

「…こんなことなら、ロニーが紹介してくれたとこを断るんじゃなかった」

思わず声に出して呟いてしまう。それはアーネストの耳にも入った。

「なんだ、まだアパート探してないのか？」

「だって、この事件にかかりきりで…」

アーネストは呆れたようにエディを見た。

「予算と最低条件を書いて俺のデスクに置いておけ。それに見合ったとこ探させるよ」

「アーニー…」

「見栄張るなよ。絶対に譲れない条件はちゃんと書いておけ。どうしても折り合いそうにないときは、直接電話して相談したらいい」

ロニーに悪いかなとちらりと思ったが、いっそアーネストに頼むのが一番いいのではないかと思って、エディは甘えることにした。


二人で車を下りてエレベーターホールまで来ると、ロニーがふたりを待っていた。いや正確にはロニーが待っていたのはひとりだけだが。

「アーニー、今日はもういいんだろ？　こいつ借りるよ」

「どうぞどうぞ。好きにすればいいよ」

「え、アーニー？」

「明日は遅刻すんなよ」

アーネストはそう云ってさっさとひとりでエレベーターに乗って行ってしまった。

「ってことで、エディ帰ろうか」

ロニーはエディの首にがしっと腕を回した。

「ぼ、僕、まだ仕事終わってないし」

「明日の朝やればいい」

勝手にそう決め付けて、そのまま自分の車まで引き摺っていった。

「ロニー…」

「うまくいったようだから、お祝いしよう」

エディは検事局に行く途中に、カーラとロニーには電話で報告していたのだ。

「お祝いって、裁判に勝ったわけじゃないんだし」

「検察よりも陪審よりも、彼女が一番手強かったわけだからな」

「まあそうだけど」

「アーニーが検察に釘(くぎ)さしに行ってくれたんだろ?」

「そうなんだけど…」

「なら裁判にならないよ、やっぱりお祝いだ」

「あ、ロニー…」

ぐずぐず云ってるうちにロニーのロータスはガレージを滑り出る。

「ホテル、予約したんだ」

「ホテルって…」

「たまにはいいかなと思って」

云いながら、ロニーの右手がエディの太腿をさする。

「なあ、俺けっこういい子にしてたと思わない？」

「ロニー…」

「おまえも補給してほしいころじゃないのか？　俺なんかもうカラカラ状態だよ」

「何云って…」

「俺、月に一回とか二回じゃ我慢できないよ。いくら一回がたっぷりでもな」

実はエディもそれは同感だった。

毎回限界まで餓えてからエッチするのはエディにとって危険なのだ。

ロニーの車は、事務所からほど近いホテルの駐車場に滑り込んだ。そして隅の駐車スペースに車を入れた。

エンジンを切ってシートベルトを外すと、ドアを開けようとするエディの手を止めた。

「な…」

ロニーはサイドブレーキ越しに、エディに口付ける。

「え、ここで？」

エディはうっかり墓穴を掘る。ロニーの目がにやりと笑った。

「それもいいな」

「え、いや、絶対に狭いって」

まるで広ければ問題ないと云わんばかりではないか。

ロニーはくすくす笑いながらも、シフトレバーを乗り越えて座席レバーを引いた。

「うわっ」

いきなりがくりと背凭れが倒れて、エディは呆気なくロニーに組み敷かれてしまった。

こんな場所でやばいじゃないかと思いながらも、エディは既にこのまま喰われることを想像して体が熱くなってくる。

「エディ、おまえ正直だな」

にやにや笑って、口付ける。

エディはもう開き直って、ロニーの首に腕を回していた。

「そうこなきゃ。今度はおまえからも誘えよ」

ロニーは微笑むと、いつもの頭の芯まで痺れるような口付けから始める。

唇を貪りながら、無防備なエディの下半身に手を回すと片手で器用にベルトを外してズボンの中に手を潜り込ませた。

ロニーの手で中心を弄ばれて、エディは小さく声を洩らす。

「脚、開いて…」

唇をそっと離すと低く囁く。エディが云われるままに脚を開くと、下着ごとずらされてそこを露わにされてしまった。

ロニーは身体をずらすと、シフトレバーごしにエディの股間に顔を埋める。

「あ…」

エディは慌てて口を塞ぐ。スモークが張ってあるから中は見えないものの、しんとした駐車場なので声が洩れるのはまずい。

ロニーの舌は既に勃ちあがりかけたエディのペニスを執拗に舐め回す。そして指をその後ろに少しだけ潜り込ませてそこを刺激する。

不自然な姿勢でそこを思う様しゃぶられて、エディは逆にその感覚に煽られていた。それをロニーに悟られているだろうと思うと、それがよけいに強い刺激になっていつも以上に感じてしまう。

「あ、ロニー…」

そんな自分が恥ずかしくて、それがまた快感を煽る。

エディはそんな自分の反応に戸惑いながらも、すっかりその行為に溺れてしまっていた。

下僕な美男

日曜日の朝。

ニック・アルバルトはもちろん教会に行くわけもなく、早くからキッチンに立っていた。

毎朝朝食抜きで遅刻ぎりぎりで事務所に飛び込むニックだが、休日はたいてい早起きだ。

昨日時間をかけて掃除したので、台所はピカピカだ。

夜中の通販番組で買った、どんな頑固な焦げ付きでも瞬時に溶かす魔法のクリーナーで鍋を磨き上げて、前から気になっていた換気扇も掃除した。

そう、換気扇。

黒石聡一とときどき訪れる日本食レストラン『カッポー・イイダ』の『オカミサン』と仲よしになって、換気扇の掃除の仕方を教えてもらったのだ。

ゼリーを塗っておくと、油をゼリーが取り込んでそれを剝がすだけで換気扇を傷つけずに汚れを取ることができる。

ニックは昨日それをとうとう試してみて、感激の叫びを上げたばかりだ。

あの剝がすときの快感はちょっとクセになりそうだ。

教えてくれたオカミサンは「シゲコのケチケチ節約術で見たの」と云っていたが、ニックには何のことやらサッパリわからない。聡一にも聞いてみたが、どうやら日本で放映しているテレビ番組らしいということしかわからなかった。

　彼女はニックを気に入って、出汁巻卵やら野菜の煮物の作り方を教えてくれるのだ。

「肝心なのは出汁よ」

　彼女はそう云って、日本から送ってもらっているという市販の和風出汁の瓶を見せた。

「実はうちの店もこれ使ってるの。聡一くんや他のお客さんには内緒よ」

　オカミサンはぺろりと舌を出して、小さい瓶に出汁を分けてくれた。

「冷蔵庫に入れておけば半年は保つから」

　それはニックにとって大切な宝物だ。

　聡一はアメリカ育ちで日本には五年ほど居ただけなので、食事は和風でなくてもいっこうに差し支えない。それでもたまの和食に喜ぶのは日本人の親に育てられたのだから当然だろう。

　ニックも最初は慣れない日本食の味に躊躇っていたが、聡一と付き合ってもう二年半ほど。すっかり日本食ファンになっていた。

　それでも納豆だけはいけない。あれは凄すぎる。以前にチャイニーズレストランで腐った豆腐ってのを出されたことがあったが、あれに匹敵する凄さだ。たぶんこのあたりが食文化の壁なんだろうと思うしかない。

　どれほど聡一が好きでも、納豆を食べた聡一とはキスできない。

ニックは満足げに換気扇を見上げて、微笑んだ。

そして冷蔵庫からゼリーを取り出す。換気扇の掃除のときに使ったものの残りで作った、オレンジゼリーだ。

グラスにかけたラップを取ると、オレンジの爽やかな香りがする。

スプーンで掬うと、ぷるるんと揺れる。

「これだよ、これ！」

ゼリーはこのぷるるんが命だ。

固くてもダメ、柔らかすぎてもダメ。この微妙なぷるるんに辿り着くには、それなりに紆余曲折があったのだ。

つるりと口に運ぶ。

ふわりと柑橘系の香りと、果物の甘味を活かすために砂糖は最小限に抑えた。

「くううう！」

数々のスイーツを味わってきた舌が合格点を出した。

「俺って、ほんと才能あるのかも」

クッキーひとつ焼けないくせに、ひとりで感激に酔っていた。

昨日のうちに掃除も洗濯もしておいたから、今日はドライヴにでも行こうかと思う。

ここでひとつ断っておかなければならないのは、ニックが掃除をしたのは聡一の部屋だったということだ。

ニックはべつに掃除も洗濯も好きではない。その証拠に、自分の部屋の掃除はマンションが契約しているホームクリーニングの会社に頼んでいるくらいだ。洗濯も下着だけは自分でやるが、それ以外はやはりマンションが契約しているクリーニング会社に出している。

要するに聡一の世話をするのが好きなだけで、事務所の部屋も自分の部屋も散らかしっぱなしだし、愛車の洗車もガソリンスタンド任せだ。

かといって、べつに聡一がニックに掃除するように頼んだわけではない。

ただ、ふたりで賭けやゲームをして勝ったときに（というかいつも聡一が勝つのだが）、聡一はその要求として『部屋の掃除』やら『夕食の買い出し』だの『風呂場の掃除』をあげるものだから、ニックが彼のために始めたわけだ。

聡一的には、掃除は月に一度もやれば上等だと思っていたし、洗濯も着る物がなくなってからしても遅くないくらいに思っていたのだが、やってくれるというなら断る手もないとばかりに好きにやらせているのだ。

自分のマンションでは料理など殆ど作ったことがないニックだが、聡一の部屋の冷蔵庫にはハムやチーズといった食材を欠かしたことはない。

パンを軽くトーストして、キュウリやレタスを敷いてコンビーフをのせる。

「うわー、美味しそう」

特製のマヨネーズを付けて、サンドイッチにする。

ニックは作りながら、摘み食いをしてけっこうお腹がいっぱいになってしまう。

時計を見たが、まだ聡一が起きる時間ではない。

休日の朝に浮かれて聡一を起こしてしまうと、がしがしに蹴りを入れられてその日はエッチはなしで部屋を追い出されることもある。

とにかく、聡一の眠りを妨げてはいけない。

だいたい聡一が休日の朝にいつまでも起き上がれないのは、ニックに原因がある。というのが聡一の主張だ。

ニックのセックスというのは、それはもう素晴らしいのだが、呆れるほど絶倫なのだ。

爽やかな笑顔とスマートな物腰からは想像しにくいのだが、それはもうしつこくねっとりと、そしていつまでもいつまでも涸れることはないのだ。

聡一は今まで人種、国籍、選り好みなく、けっこういろんな男と寝てきたが、ニックは文句なくスペシャルだった。

キスがとびきり巧い。好みというのも当然あるのだが、ニックのねちっこくてやらしいキスが聡一の好みなのだ。あれを事務所でやられるとたまらない。

前戯がこれまた凄い。特にフェラテクは素晴らしい。思い出すと涎が出るほどだ。

要するにエロいわけだ。エロが才能と云えるかもしれない。

それを独り占めできる幸運に、聡一は感謝する。もちろんそんな顔はおくびも見せないが。

そんなニックを相手に、週末ごとに限界にチャレンジするほど聡一もタフではない。

なので、ニックをコントロールする必要があるのだ。ニックを充分満足させ、自分ももちろん満足しながら、身体に負担をかけすぎないように。

そうは思っていても、聡一もつい歯止めがきかなくなる。

ニックの立派なペニスで思うさま突きまくられたいと思うと、もう彼にすべて任せてしまう。そうなるともう、ふたりとも止まらない。

一度、ニックのワイルドな攻めに失神しかけたこともある。

それがまた、悪くなかったりする。

しかし毎回そんなことをしてせっかくの休日を終わらせるわけにはいかない。

ロニーあたりにバカップルとは呼ばれたくないのだ。バカはニックだけであって、カップルではないことをわからせないといけない。

ニックがサンドイッチを作り終えて、夕食の下ごしらえも終えたころ、聡一が起き出してきた。

「おはよー」

キッチンを覗(のぞ)いて声をかける。

聡一は寝るときに何も着ないので、ベッドから出てバスルームに向かうのも当然真っ裸だ。さすがにニックももう慣れた。

「そろそろだと思って、お湯溜めておいたよー」

「あ、ありがとう」

気が利くなーとにっこり笑う。

なんとなく、主人のお手伝いが大好きなゴールデンレトリバーだなと思う。あとでよしよししてやったら、これがまた喜ぶのだ。

ゆっくりと風呂に浸かって、ぼんやりした頭を覚醒させる。

ニックの部屋のバスルームはバブルバス付きだ。しかもバスルームは今流行のガラス張り。広さもここの倍はある。バスルームでたっぷりエッチするには最適だ。

なので、ときどきそれを目当てにニックの部屋で過ごすこともある。

バスルームでやるときは、ときどきニックに請われて生での挿入を許すこともある。中に出されたあとに、すぐにシャワーで処理すればあとも安心だからだ。

聡一がバスルームから出ると、ニックが絞りたてのジュースを作って差し出してくれる。

「ん、ありがと」

受け取ると、ニックにお礼のキスをする。

にこっと笑ってジュースを飲もうとして、ニックに強引に引き寄せられて再度キスをされてしまう。

昨夜の続きのような濃厚なヤツだ。

「今日のジュースはリンゴとグレープフレーツににんじんを混ぜてみた」

唇を離すと、そう囁く。

「ふうん」

「それ飲んだら、ドライヴ行かない？」

「…ご飯は？　お腹減ったんだけど」

「サンドイッチ作ったから、車で食べれるよ」

聡一は黙って頷くと、髪をがしがしと拭きながら着替えにかかった。

サンドイッチをランチボックスに詰めていると、ニックの携帯が鳴った。

「あ、姉貴…。…うん、元気」

ニックの声が俄に緊張している。

「え、ええー！」

ニックの声が部屋じゅうに響いた。

聡一がシャツのボタンを留めながら様子を見にきた。

「どうした？」

ニックは携帯をテーブルに置いて、呆然としている。

「どのお姉さんから？」

ニックには三人の姉がいる。上二人は弁護士で下は医者だ。ニックのコンプレックスの元になっている、優秀な姉たちだ。

「…一番上…」

ニックの父親はＬＡでそこそこの規模の弁護士事務所を経営している。その父親が長男のニックではなく長女に後を継がせることに決めたほど、弁護士としても経営者としても非凡なところを見せていた。

ニックがもっとも苦手とする女性だ。

「あー、ロザリアね。で、なんて？」

「…結婚するって」

「へえ」

「へえじゃないよ！　あの姉貴が結婚だよ！」

「ロザリアだって結婚するだろう」

「聡一、あんた会ったことないから！」

「写真は見たよ。美人じゃないか、三人とも」

ニックはプルプルと首を振った。

「相手が気の毒だ。俺みたいに顎で使われるんだ」

「おい、誰が顎で使ってるって？」

聡一の眉がぴくりと動く。

「おまえが勝手にやってることだろ」

ニックはうっかり口を滑らしてしまったことを後悔した。

聡一を怒らせたら、すぐにじゃあ帰れとか云われてしまうのだ。せっかくこれから二人で楽しいドライヴに行くはずだったのに、台無しだ。

しょぼんとするニックを見て、聡一は苦笑を洩らす。そして聡一の傍までできてちょっと屈み込んでキスをした。

「で、なんでお姉さんが結婚するくらいで大騒ぎしてるんだよ？　去年、二番目のお姉さんが結婚したときにはそんなに騒いでなかったじゃないか」

「そうなんだけど…」

「他に理由があるんじゃないのか？」

聡一はランチボックスのサンドイッチに手を伸ばした。

「あ、おいしい。おまえのサンドイッチはゴージャスだな」

聡一に誉められてニックは思わずヤニ下がる。

「それで？」

聡一が話を促す。

「…結婚式が再来月なんだけど、付き合ってる相手が居るなら連れてこいって」

「それは誰でも云われることだろ？」

「うん。ただ相手が居ないのなら、いくらでも女の子を紹介してあげるから、めかし込んできなさいって。ひとりで行ったら集団見合いみたいになっちゃうよ」

　ニックはそう云って唇を噛んだ。

「そりゃ、聡一を連れて行ったらいいんだけど…」

　聡一は苦笑する。

「べつに俺のことを気にすることはない。おまえの家の事情はわかってるつもりだ」

「…ごめん。俺は本当は聡一を紹介したいんだけど、時間かけてわかってもらわないと聡一に嫌な思いさせるだけだから」

「だからわかってるって。そんなこと気にしないでくれ。俺はほんとに気にしてないから。それよりもおまえが、俺と家族との板挟みになって悩むことの方が心配だよ」

「聡一…」

「俺が他人のことなんかいちいち気にしてないの、知ってるだろ？　おまえの両親が俺のこと知らなくても、俺のこと嫌ってても、俺は屁とも思っちゃないよ。認めてくれたところで、ああそうですかってだけ。俺がそういう人間だってのは、おまえはわかってるな？」

「…そうだけど」

「おまえは俺と違ってデリケートだから。身内の感情が自分へのダメージに繫がるんだから、いっそ内緒にしとけるものならずっと内緒にしとけ。結婚式には誰か適当に彼女のフリでもしてくれる相手でも連れて行けよ」

優しく云って、髪を撫(な)でる。

「…聡一以外とは行きたくない」

聡一は小さく笑って、ニックの耳にキスをした。

「俺があと十ほど若かったら、女装してエスコートされてやるのに」

「女装って…。やったことあるの？」

「俺、日本で通ってた高校が男子校だったんだよ。それで学園祭とかになると、小綺麗(こぎれい)な奴に女装が回ってくるわけ」

「聡一が？」

「これがなかなか綺麗でさあ。姉貴のいる奴に頼んで化粧とかしてもらってさ。まだ華奢(きゃしゃ)だったから、ドレスとかもけっこう似合うわけよ」

「み、見たい…」

「実家に写真あったと思うよ。帰国することがあったら、探しとくよ」

懐かしそうな目になっている。

「けど女装はそれっきりだぞ。俺女になりたいわけじゃないから」

聡一の女装話で、重い気分が少し楽になった。こんなふうにニックはいつも聡一に助けられる。

彼の強さはニックにとっては憧れで、それがたまにプレッシャーになることもなくはない。それでも聡一には自分が必要だということは疑っていない。

それにしても、聡一には怖いものがないように見える。

誰に対しても動じないし、弱みが一切ないのだ。あるとすればそれはニックの存在だろう。ニックが身内に自分がゲイであること、聡一との仲を公にすることを躊躇していること、それが聡一の弱点と云えるかもしれないが、いざとなればそれさえも意に介さないように思わせるだけの強さがある。

「彼女を三人ほど連れて行くってのはどうだ？」

「ええ？」

「三人と付き合ってるって。ひとりに絞れないから結婚はまだ考えられない。けど相手はちゃんと居るから、放っておいてって意思表示」

「聡一…」

ニックは感心した。

「それ、いい」

「そうだな。レネとサリーあたりにその役を頼んでみたらどうだ？　ＬＡまで旅行できて、金持ちの結婚パーティで綺麗なドレスを着てご馳走食い放題。絶対に乗ってくると思うぞ」

レネとサリーは特にニックが仲良くしている、レズビアンのカップルだ。

「そういう手があったか」

「彼女たちなら、こっちの事情もわかってくれるだろうし、おまえとも仲よしだからプライヴェートもそこそこ知ってるだろ？」

「うん。頼んでみるよ」

「ドレス買わされるかもしれないけどな」

「まあそのくらいは」

ニックがすっかり元気を取り戻したので、聡一もほっとした。

やっぱり彼の弱点はニックなのだ。

そのとき、ふとニックはランチボックスが殆どカラになってることに気づいた。

「そ、聡一、何ばくばく食ってんだよ…！」

「腹減ってるって云ったろ」

「ちょっと摘むならともかく、全部食べちゃうなんて」

「いいじゃないか。どうせおまえだって食ったんだろ？」

図星だった。が、ニックはそれを無視した。

「ひどいよー、ドライヴ行くときに持ってくつもりだったのにー」

聡一は面倒になって、さっさとリビングに移動する。

「ちゃんと社内で食べやすいようにひと口大にして…」

「ニック、どうやら外雨降ってるみたいだぞ」

「ええー」

ニックは大袈裟に叫んで、ベランダに走った。

「うわー、シーツ乾きかけてたのにー」

慌てて中に取り入れる。そしてブツブツ云いながら、ソファの背凭れにかける。

「乾燥機、使えば？」

「乾燥機だと後でアイロンかけるの大変なんだよ」

なんだか、口うるさいワイフの小言を聞いてるみたいだと思う。けどまあそれも悪くないなどと思っている。

それにニックの機嫌を取るのは簡単だ。

「まあ、落ち着いてここ座れよ」

自分の座っているソファの隣をポンポンと叩く。

「え…」

「雨は残念だけど、これってふたりで家の中でいちゃいちゃ過ごしなさいってことじゃないのか？」

ニックは大人しくソファに座る。

「昨日もいっぱいしたけど、昼間にやっちゃいけないこともないだろ？」

そう云うと、誘うようにニックを見る。

「キスしてよ。俺が勃起しちゃうようなえっちーヤツ」

舌で上の唇を舐める。

瞬殺だ。

ニックはもうドライヴのことなんぞすっかり忘れてしまっている。

こういう単純な奴がいい。

聡一は自分と同じような性格の相手とは絶対に付き合いたくない。腹の探り合いばかりになるような相手と恋愛できるわけがない。

自分とまったく違う性格の相手がいい。

お互いにないものを補い合う。相手の自分にない部分を愛せる。そういう相手とは滅多に巡り合えないものだ。

ニックは自分にとって最高の相手だと、聡一は確信していた。


聡一が結論を出したあとにも、ニックはいろいろ考えていた。

姉の結婚式のことではない。聡一の弱みってなんだろうということだ。

弱みがないとは思えない。しかし、いくら考えても想像が付かない。

前にバスルームを掃除していて、ゴキブリと鉢合わせて慌てて飛び出てきたところ、聡一が冷静にスリッパの一撃で退治してくれた。

いつだったか、キャンプ場で蛇が出たときも軍手をしただけの手で捕獲していた。どうやら虫とか動物とかは平気のようだ。

雷や地震でびびるはずもなく、やくざが脅しに来ても法律を持ち出して軽く撃退しそうだ。

なぜそんなことをニックが考えているのかというと、怖がって自分にしがみ付く聡一を大丈夫だよと安心させたいという幻想を持っているのだ。

船酔いもしないし、飛行機の離着陸でがたがた云うわけもない。

そのときふと、もしかしたら幽霊とかそういうのは苦手なんじゃないかと思った。平気そうな顔をしている奴ほど、そういう実体のないものには弱いかもしれない。

そう思って、ニックはビデオショップでホラー映画を日本のものを含めて数本借りてきた。いちおうネットで調べて、怖いと評判のものばかり集めてみた。

そしてその週末、聡一を部屋に誘った。

聡一の好きなテイクアウトのチャイニーズフードを用意して、ふたりでソファに座る。

しかし聡一はビデオがホラーだとわかると難色を示した。

「俺あんま好きじゃないんだよなー」

その言葉にニックはぴくっと反応した。もしかして聡一避けてる？

「え、いいじゃん。日本映画もあるんだよ」

「うーん、なんかさ見たら絶対後悔しそうなんだけど」

ニックはこれはもう決まりだと思った。

「たまにはいいじゃん。ね、見よ見よ」

そう云って強引にビデオをセットする。そして部屋を少し暗くした。

もういつでも準備はオッケーだ。

そして、そして結果は…。

「なんだよ、おまえ苦手なのか？　だったら最初から見るなよ」

ニックが聡一にしがみ付いていた。

「だって、だって、あのとき後ろから手が、手が…！」

心臓がどきどきしている。

「俺、ああいうわざとらしい怖さってしらけるんだよ。なんかもっと心理的に怖いんじゃなきゃ」

「それじゃあ、さっき見たら後悔するってのは…」

「そう、たいていが俺にとっては怖くも何ともないし、場合によっちゃ汚いだけだったりするからむかつくんだよな。怖い話大好きなのになあ」

怖い話、好き？

「それにしても、おまえこの程度で怖がれるなんて羨ましいなあ。日本のお化け屋敷とか入ったら悲鳴上げっぱなしなんじゃないのか」

羨ましがられてるではないか。いや、バカにされているのか。

「幽霊とか怖くないの？」

「べつに」

「信じてないから？」

「霊の存在を否定するつもりはないよ。ただテレビとかで霊能者とかが出てくるのは信用してない。テレビなんてやらせばっかの世界なんだからな」

「そりゃそうだけど…」

「あれ、もしかして、おまえ宇宙人と対話したとかって話信じてるんじゃないか？」

聡一の質問にニックはむっとした。

「宇宙人は居るよ！」

「え…」

「あんなにたくさんの人が嘘をついてるって云うの？」

聡一はちょっと頭が痛くなった。

「おまえ、それでよく弁護士になれたな」

「なんでだよ」

「いや、いいよ。信じられるものは信じておけば人生豊かで」

バカにされているのが感じ取れて、ニックは不満だ。

「…学者だって宇宙人は居るって云ってる人はいくらも居るんだぞ」

「いや、俺も否定はしないけどさあ。今までのテレビで証言してる話は、ありゃ違うだろう」

「どこが違うんだよ」

「…ニック、おまえそんなだから相手の嘘も見抜けないんだよ」

聡一はわりと真面目（まじめ）に、困ったなという顔をした。

「ちゃんと説明してやるから、このビデオは明日返しとけよ。俺がいないときにひとりで見たら、夜寝られないぞ」

そう云って、ニックのブロンドをくしゃと撫でて、ビデオを巻き戻す。

やはり聡一に弱点はなかった。自分が彼に勝てることはないのだ。

しかしそれでも、ニックはなんとなく幸せだった。

下僕な美男

あとがき

いい男をいっぱい出す。しかも弁護士。しかも舞台はサンフランシスコ。それならいっそパチもんの翻訳小説みたいなノリがいいな。

そんな希望が簡単に通ってしまうとは思ってなかったので、当初は冗談半分でした。それが気づいたときには自分が書くことになっちゃっていて…。ほんとにいいの？　というのが正直な気持ちではありました。

先ず決めたのがスーツと車。特にスーツのブランドはポイントです。弁護士ですから、スーツもやはりブランドもので決めてもらおうと。

あとの味付けは趣味もろだしでいこうとこっそり決めていました。

ベースは十年以上前に見ていた「ＬＡ・ロー」です。始まりのシーンをミーティングから始めたのも「ＬＡ・ロー」を意識したものです。それに「女弁護士ロージー・オニール」や「アリー・マイ・ラブ」、それに「ザ・プラクティス—ボストン法律事務所—」なんかを部分的に参考にしてみました。

一番好きだったのは実は「ロージー・オニール」なのですが、中でもブルースを扱った回と環境破壊をテーマにした回は秀逸でした。それぞれの訴訟への取り組み方がどれも地に足がついているところが好きなのかも。

それ以外はすべてデビッド・E・ケリーがかんでる作品だからなあ…。「LA・ロー」のときはケリーはまだ法律顧問といった立場で、プロデューサーはかの「ヒル・ストリート・ブルース」のスティーブン・ボチコだったからまだしも、「アリー」とか「ザ・プラクティス」は製作総指揮ってことで脚本もプロデューサーもケリーがやっちゃってるわけで。あまりにもあまりな訴訟とかが目に付いて、ちょっと参考にもならない状態…。

そうそう、他に「ペリー・メイスン」を忘れちゃいけませんね。

けど彼は弁護士というよりは、私立探偵みたいでいつも犯人探しをやってるんです。真犯人を探すことが自分の依頼人の潔白を証明する方法ってわけで、毎回そう。けどそれは本来の弁護士の仕事じゃないはずです。なのであまり参考にはなりません。…って、なんかドラマ批判になっちゃってる?

法廷ドラマに限らず、アメリカのテレビドラマはけっこう小さいころから見てました。そのころは刑事ものが人気で、日本の刑事ドラマとかはどちらかというと苦手だったんですが、その分アメリカの刑事ものをよく見ていました。中でも「女弁護士キャグニー&レイシー」は自分の中で一番好きで影響を受けた作品です。

そのいろいろな作品の積み重ねが、自分が海外ものを書く上での基盤になってるように思います。

実は「七人の男弁護士事務所サンフランシスコ版」というのは、数年前の日本のテレビドラマの「七人の女弁護士事務所」のタイトルのパクリなんですけど、そのドラマを知らない人には単にベタなだけで笑いも起こらないという哀しいことになってるかも…。

さてさて、今回から挿絵をつけてくださることになった有馬さんですが、初回からえらくご迷惑をかけてしまいました。けどスーツ萌えで嬉しいです。

そして担当のNさんには、それに輪をかけて迷惑を…。反省しています…。

そしてそして、こんな胡散くさい話を手にとってくださった読者さまには、心からの感謝を。次もまたがんばります。

二〇〇三年十一月　義月粧子

追伸。義月プロデュースの祭り囃子編集部の本もよろしく！

Webサイトは、http://www1.odn.ne.jp/matsurib/ です。

初出

第一話　オブジェクション―――2002年　小説エクリプス6月号（桜桃書房）掲載作品を加筆修

第二話　sustained―――書き下ろし

第三話　下僕な美男―――書き下ろし

LYNX ROMANCE

契約不履行

義月粧子

illust. 雪舟薫

リンクス ロマンス（本体価格855円）

有能なエンジニアである三崎と営業部長の土屋は、かつての上司と部下の関係。綺麗な顔で、仕事に厳しい三崎は、周囲から敬遠されがちだが、土屋は彼の意外な面倒見の良さや温かい人柄に深い信頼を寄せていた。
ところが、土屋の離婚後、三崎の妻が突然亡くなってしまう。喪服のまま泣く三崎を前に、土屋は欲情している自分に気付き、衝動のままにキスしてしまうが…!? アダルトラブ登場!

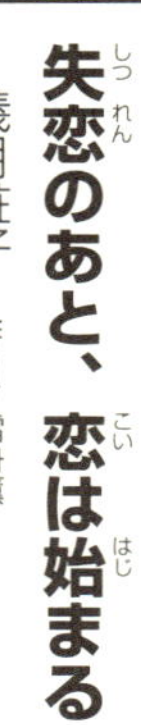

LYNX ROMANCE

失恋のあと、恋は始まる

義月粧子

illust. 雪舟薫

リンクス ロマンス（本体価格855円）

高校生の芳和は、叔父の葬儀で出会った、建築デザイナーで洗練された雰囲気を持つ男・井岡を忘れられずにいた。それは井岡が芳和を叔父と勘違いして、情熱的なキスをしてきたからだ。プライドが高く、整った容姿をしているため、自分から他人を求めたことがない芳和。なのに、かつて叔父の恋人だった井岡が、いまだに叔父を愛していることを知りながらも惹かれてしまう。この気持ちをどうしても止められず、芳和は——。

LYNX ROMANCE

純愛しまショウ!

彼方はるき

illust. 松本テマリ

リンクス ロマンス（本体価格855円）

中世的な顔立ちでドジな性格の高校生・藤咲敦志は、ある偶然から同い年の矢田部一哉と知り合う。けなげにも死んでしまった彼女をずっと思っている精悍で真面目な一哉を、藤咲は一目で気に入ってしまう。ともにコンビニでアルバイトすることになり、徐々に親しくなっていく二人。
そんなある日、一哉の家に遊びに行った藤咲は、その場のノリで一哉とエッチをしてしまい——!?

LYNX ROMANCE

カン違いなあなた

青池周

illust. 宮本果葡

リンクス ロマンス（本体価格855円）

私立高校に通う小柄でかわいい春司の目下の目標は、脱チェリー! ある日、春司は合コンに参加し、長身でかっこいい安堂修介に出会う。コンプレックスを刺激する彼をこの日、春司は完全無視。しかし後日、学校で再会した安堂からモデルとの合コンの誘いを受け、冷たくしたことも忘れて春司は喜ぶ。そんな春司に安堂は合コンに向けて、Hのてほどきをしようかと提案してきて——!?

LYNX ROMANCE

恋愛（れんあい）ホメオスタシス

火崎勇

illust. 亜樹良のりかず

リンクス ロマンス
（本体価格855円）

資産家の息子で奇麗な顔をした深沢霜は、幼い頃に遭った事故の後遺症で痛覚がない。真面目な高校生として暮らしながらも、不良グループのメンバーとしての顔をあわせ持つ霜。彼は、あるきっかけから、謎めいた男・龍と知り合う。互いに自分と似通ったものを感じ、急速に惹かれあう二人。ところがある日、龍は突然豹変し、霜を自分の部屋に閉じ込め、無理矢理身体を奪ってしまう。そして、霜の仲間と龍の過去を知る男を殺し姿を消すのだが…!?

LYNX ROMANCE

コルセーア 下

水壬楓子

illust. 御園えりい

リンクス ロマンス
（本体価格855円）

豊潤な富をもたらすモレア海を統べる海賊・プレヴェーサに身を置くカナーレ。その美貌の下に凄惨な過去を秘める彼は、艦隊司令官であるアヤースとの身体の関係に安らぎを覚え始めていた。そんなある日、統領の姉のアウラが誘拐された。十日後、送られてきた手紙で事件の原因が自分であることを悟り、カナーレは衝撃を受ける。己の過去との決着をつけるべく、死を覚悟でカナーレはアヤースたちとともにアウラ救出に向かうが——!?

LYNX ROMANCE

ずっと甘（あま）いくちびる

真先ゆみ

illust. 笹生コーイチ

リンクス ロマンス
（本体価格855円）

極上の容姿に穏やかな微笑みをのせ、カクテル・バーでアルバイトをしている音大生の麻生空也。ある冬の夜、一年前に空也を見そめた不遜な御曹司・成沢皇が現れ、彼の平穏な日々は崩れ去った。強引すぎるアプローチをくり返す成沢に、空也のため息の数は増えていくばかり。けれどふとした偶然で成沢の意外な一面を知った日から、彼に対する感情は少しずつ変化して——。

LYNX ROMANCE

ささやきの色彩（しきさい）

坂井朱生

illust. あさとえいり

リンクス ロマンス
（本体価格855円）

千坂学院高等部に通う熱川陽佑は、恵まれた体躯と成績優秀な頭脳をもち、人使いの荒い鬼の生徒会長。その一方家では、だらしない父親のために家事に、家のアパートの管理にとあくせく働いている。そんなある日、陽佑にことわりもなく、父親が勝手に入居者を決めてしまう。父親の知り合いだという年上の来生名津は、綺麗な容貌のおっとりとした雰囲気をかもしだす青年。危なっかしくて頼りない名津は、ことあるごとに面倒事を引き起こし——!?

この本を読んでの
ご意見・ご感想を
お寄せ下さい。

〒102-0073
東京都千代田区九段北1-6-7　岡部ビル2F
小説リンクス編集部
「義月粧子先生」係／「有馬かつみ先生」係

リンクスロマンス

オブジェクション

2003年11月29日　第1刷発行

著者……………義月粧子
発行人…………伊藤嘉彦
発行元…………株式会社　幻冬舎コミックス
〒151-0051　東京都渋谷区千駄ヶ谷4-9-7
TEL 03-5411-6431
発売元…………株式会社　幻冬舎
〒151-0051　東京都渋谷区千駄ヶ谷4-9-7
TEL 03-5411-6222（営業）
振替00120-8-767643
編集……………株式会社　インフィニティ　コーポレーション
〒102-0073
東京都千代田区九段北1-6-7　岡部ビル2F
TEL 03-5226-5331(編集)
印刷・製本所…図書印刷株式会社
検印廃止

ISBN4-344-80336-1　C0293
Printed in Japan

幻冬舎コミックスホームページ　http://www.gentosha-comics.net

本作品はフィクションです。実在の人物・団体・事件などには関係ありません。